# 旅の軌跡

## ── 山梨県南巨摩郡 ──

（52ページ「鰍沢」より）

妙法寺（三門）

旧小室道／当方は良識ある人間であり、柵をつかんでみようと試みることはしなかった

身延線鰍沢口駅から小室山妙法寺への地図

## ── 京都市東山区 ──

(141ページ「法住寺って寺あったかなぁ」より)

後白河陵　正面

後白河陵　側面

## ― 京都市右京区 ―

（150ページ「璋子様、がんば。」より）

待賢門院陵（藤原璋子花園西陵）

待賢門院像　絹本着色　法金剛院蔵（Wikipedia）

## ── 滋賀県大津市 ──

（160ページ「若狭そして琵琶湖北岸から」より）

大乗院から琵琶湖を望む方向。であるが、まったく何も見えなかった

## ── 京都市東山区 ──

（168ページ「玉葉あるいは愚管抄そしてもっと！」より）

紅葉でも有名な東福寺、九条兼実の墓

# 旅する町医者

まだ修学旅行〟篇

秋元直人
AKIMOTO Naoto

文芸社

# 目次

# 早春・笠間

ほんの短い期間ではあるが、茨城県で生活をしたことがあった。休日には霞ケ浦周辺や学園都市をドライブしたり、筑波山に登ったこともあった。だが、それ以上思い残すこともなくその地を去った。

小山聡子氏の『浄土真宗とは何か』という本に目がとまった。当方には本、とくにミステリなどを読むときなど、後書きに先に目を通すあまりよくない癖があり、この本でもその癖が出てしまったのだが、

三歳と六歳の息子たちは、しばしば保育園を休んで、本書に収録するための写真の撮影にハイテンションで付き合ってくれた。

こういう一文があった。そうなのだ。ワーキングマザーと日本の明日を担う子どもたちでさえ調査に出向いているのだ。当方だって負けてはいられない、という妙なモチベーションが湧きあがってきた。当方、ワーキングマザーの味方です。

平安から鎌倉へかけてのあの時代、法然、親鸞たちは、人間の善と悪、自身の愚かさなどに対するひとりひとりの心の悩みに触れていたこと。浄土宗、それに浄土真宗の諸派も含め合算したら、現在でも一七〇〇万人の信徒数を有することは、周知のことである。

源平の合戦で、東大寺など奈良の仏教寺院をことごとく灰燼に帰せしめた、平家の総大将重衡が捕らえられ、処刑の直前、最後の願いとして法然上人に会いたいと申し出たエピソードがあることを阿満利麿《あまんとしまろ》氏の書を読んで知った。法然は、いかなる悪人であっても、念仏さえすれば、必ず救われるという「宗教的価値の絶対化」がそのときはじめて示されたという。

法然は生涯妻帯をしなかったが、(というより日本の仏教界で出家者は、たてまえとして肉食妻帯を認められていなかったが) 親鸞に次世代の後継者としての期待を託し、「一人で成仏してもよいが、二人で成仏もできる」と妻帯を許し、当時右大臣、九条兼実《くじょうかねざね》の娘、玉日《たまひ》と結婚させた。つまり玉日との結婚により、「夫婦が互いに相手を観音として崇拝するという、世界のどこにもない仏教がここに生まれた」という梅原猛氏の説も、とても興味深い。

親鸞は玉日との間に一男をもうけたとされる。だが、後鳥羽上皇の怒りを買う事件（承元の法難）で、法然の弟子四人が死罪、法然、親鸞を含む八人が僧籍を剥脱され流罪となる。玉日はこの事件の二年後に京都で亡くなったとされ、玉日の世話をしていた九条兼実の臣下の、三好氏の流れを汲む恵信尼《えしんに》が親鸞流刑の地越後へ付き添い、親鸞は非俗非僧の立場で八年余越後で暮らし、信州を経て、常陸へ移住する。その後常陸で二十年以上を過ごす。恵信尼との間に六人の子をもうけ、欠けることなく成人させている。

当時は修行を経ないでも、念仏を唱えることで誰もが浄土へ行けるという教えは、既存宗派に対する、大きな宗教上の挑戦であったはずである。親鸞は家庭を持ち、常陸の国で子どもたちの成長を見守りながら教えを広め、そして『教行信証』の執筆に向かっていた時期でもある。布教者として、そして子育てする親としての親鸞の姿が目の前に浮かんでこないだろうか。

などと、書いていると、まるで当方が専任の研究者のように思われるかもしれないが、もちろんそんなことはまったくない。初心のサンデーヒストリアンどころか、調査旅行だって相変わらず数か月に一度機会を作れるかどうかの、哀れなひとりの年金をぢさまである。

今回は主に梅原猛氏、阿満利麿氏、小山聡子氏の文などを、当方の都合よく切り貼りしたものであることを、おことわりする。


早春の晴れた朝、最寄り駅から緑の地下鉄を利用して松戸へ至る。そこで常磐線に乗り換えようと思っていたら、接続がはなはだよろしくない。ぶつぶつ言いながら取手に至る。でもそれでも芭蕉の時代の道中と比べてみたって現在は、とても恵まれていることを、ひよわな、今現在を生きる人間は忘れがちである。

常総鉄道に乗り換える。トイレなしの一両のワンマンカーで、一時間ほどで下妻に着き、下車する。

駅前でタクシーを待つこと十有余分、なんとか姿を見せたタクシーの運ちゃんに「小島草庵に行きたいんだけど知ってる?」と聞くと、「たまーにあそこに行きたい、という客がいる」との答え。

連れていかれたのは広い畑地の一画。案内書などの写真では、きれいに管理されて写っているのだが、隣は資材置き場。銀杏の木のそばには五輪塔が四基あり、それぞれ、欽明天皇、用明天皇、聖徳太子、親鸞のもの、とされている。知識のない当方、二人の天皇の意味がわからず、猫に小判のようなものである。

近くにバスも停車できる駐車スペースもあるが、どれだけ利用されているのかは不明。筑波山が遠望できる。

越後、信州から今でいうなら親の仕事の関係で転勤で連れてこられた子どもたちも、ちょうど小山氏の子どもたちのように同じ筑波の山なみを眺めて遊んでいたはずである。

待たせておいたタクシーに乗り、駅へ戻る。次の電車までかなり時間があり、思いついて市の図書館へ向かう。とても新しく立派でブンカ的な建物である。司書の人に、「東京のほうから来たんだけど、小島草庵関連の資料が何かありますか」と問うと、何もない、との答え。ああそうですか。

下妻から下館まで約二十分。JR水戸線に乗り換え、笠間へ向かう。途中の守谷は、つくば市と秋葉原を結ぶ線路の中ほどの駅で、東京やつくばのベッドタウンの役割も果たしているのだろう。線路のほど近くまで、新しい住宅群が建てられているのが目につく。窓外の樹木は、開花前の、木の芽がそろそろ熟れ切ろうとする時期なのだけれど、樹木が息吹く前の新しい力を感じる。

笠間で下車。ここは駅前にタクシーは止まっておらず、電話で呼び出す手はずのよう。電車も一時間に一本程度。呼び出したタクシーの運ちゃんに、西念寺へ連れてって、と伝える。ここでも車内で、そこへ向かう客はいるの？　と問うと、「まあたまに」との返事。今日は「まあたまに」の地巡りの様相を呈しているようだ。

走っている道筋は親鸞の住んでいた頃から、交通の要衝として発達していたようで、稲田神社の門前町としても賑わっていたらしい。と、あれこれ考えているうちに、立派な門扉を持つ西念寺に着く。茅葺きの山門をくぐると、二層の屋根の堂々たる本堂があり、荘厳な雰囲気を醸しだす。右手の丘の上に親鸞の廟所「御頂骨堂」があり、そこからの遠望も思いもかけずしっとりとした趣を感じる。

この近くの稲田神社で『教行信証』を書きあげたとか、前述したように、京都で亡くなったとされる、王日御廟の言い伝えなどが残されている。

この二か所巡りだけで当方、気力が続かず、次の機会（あったら）に拝観することとする。

西念寺の石段を下りたところの田んぼの中にある見返り橋で、当方も親鸞気取りで、西念寺側の家族に別れを告げるそぶりをしたあと、帰途につく。

ただ、この折の家族との別れにしても、実際には家族を連れて京へ戻ったなど諸説があるらしい。

京都に戻った親鸞は浄土真宗を確立し、宗派の全国展開に挑む。今日でも京都の寺々、史跡など、素晴らしい立地の場所に数多く残されており、脈々と教えも受け継がれている。

西念寺にて、著者。

当方も、それらを確認しにまた上洛する必要がありそうだ。

待たせておいたタクシーで稲田駅に至る。この地は稲田石切山脈といって、みかげ石の産地としても名高いらしい。ひとつまた勉強になった。

当方の弱い頭ではいっぺんには整理し切れないのだが、梅原説では、親鸞には、源義朝（保元の乱の勝者、後白河天皇派であるが、実の親そして兄弟まで自分の手で殺した、とされ、その父殺し）の呪われた血が流れていて、それがために、深い悪の自覚も十分理解でき得たという。

そして、前述の関白九条兼実の同母弟で比叡山座主の僧、慈円の弟子であった親鸞が、仏教の今で言うならエスタブリッシュメントとしての前途を捨て、無位無冠の僧であった法然の門下に入ったことは尋常ではないという。慈円は『愚管抄』で法然を全面否定しているのも知られたところである。慈円自体、後鳥羽院が冤罪を受け、それを晴らして後鳥羽院の護持僧にまで上がる。ところが、それが親鸞が慈円の下を離れる決定的な誘因となり、京都六角堂での百日の参籠ののち、法然の門下に入ることになったとされる。

さらに、妻の恵信尼も夫への愛は保ちながら、他力の往生については必ずしも夫の教え、他力による往生を全面的に信じてはいなかったとか。長男の善鸞《ぜんらん》は、親と離れ再び東国へ下ったため、呪術信仰の世界に入りこみ、父親親鸞に義絶された、あるいは、その子孫たちも、他力の教えを門徒に説きながらも、必ずしも祖、親鸞と同じ信仰を保持していたとはいえない形跡がある、などの説を読み、ひとつの信仰を突き進め、維持する途方もなさに思いを巡らすと、理解力に欠けるところのある当方の頭はくらくらとしてくる。

小山氏の説明する次のようなところが、今の当方には得心がいく。法然も親鸞も、その信仰はそれまでの平安浄土教の影響下から脱し切れてはいない。その時代の流れの中で、異端といわれるほどには元来の信仰からはずれているものではない、と。

小山氏はこうも述べる。

煩悩を抱える我ら人間にとって、愚の自覚に徹することは非常に困難である。なぜならば、愚者であるからこそ、自分の能力を実際以上に過大評価し、自己を客観視するのは容易ではないためである。親鸞の偉大さは、必ずしもその教えのみにあるのではなく、愚を自覚しようと志し、すくなくともある程度は自覚し得たところにあるのではないだろうか。とりわけ、殺生の罪や無智などにより自身の往生に大きな不安を抱いていた者たちは、愚の自覚の必要性を説き、実践しようとする親鸞の姿を目にして勇気づけられたことだろう、と。

この説明を心にとめ、もうすこし考え続けてみたい。

法然、親鸞の生きていた時代に、遅まきながら今頃になってはじめて関心を持てたことは、当方にとっては幸いである。あの頃の世界が、おいでおいでと手招きしているようだ。

追記

自分の書いたものをほんの数年で書き換えるということは、学問上はしてはいけないことではある。

だが、ほんのわずかなことでも、自分の勉強不足、誤解に気がつけば修正しておきたくなる。

ひとつは小山氏のお子さんの話を読んで、親鸞も親としてこんなことを筑波山のふもとで味わえたのでは、と想像したのだが、越後の時代ではなく、笠間の時代には親鸞の子どもたちはもう成人に達しているはずである。

後年、承元の法難で流され、再び京都に戻ったが、京都では執筆が主で、生活は関東の門弟たちに支えられていたが、門弟たちに念仏だけで極楽往生できるのか、という疑義が起きるようになり、長男の善鸞を名代として関東に送るが善鸞は混乱をおさえられず、ついには善鸞を見限った親鸞は長男を義絶してしまう。でもこれは親鸞が八十歳代のことである。

親鸞は九十歳で寿命を全うした。あの当時としては、とても長命であった。

「悪人正機」ということが、よく理解できずにいる。これについて山折哲雄氏の文から示唆を得た。そもそも真宗の興隆を支えた親鸞の子孫の蓮如の書いた文章の中に「悪人正機」という言葉は、見あたらないという。

山折氏は、よく読まれる『歎異抄』は親鸞が亡くなってからある時間をおいて、門弟によって著されたものであり、そこで述べられていることは、人間にはそもそも悪（＝殺人）を犯す可能性があるという、可能性における悪人の問題である。

だが、親鸞が自ら著した『教行信証』で述べられているのは、たとえば源義朝のように、すでに父殺しを実現してまった人間の罪が償われ救われるためにはどう考えればよいのか、ということなのだという。

当方のキレギレの記憶ではあるが、以前、山折氏が、吉本隆明氏は、『歎異抄』だけを読んでおり『教行信証』には触れていない、と批判されていたことを思い出した。物を知る、そして考える、ということの深さを思い知らされた。

当方の書いたことが、また次の修正に至ることも、あり得る。でもその作業は当方にとって、とても楽しい作業である。

# 独居、高齢男子についての一考察

たまたま仕事上接する機会があった方々の中で、忘れられない一人を紹介したい。八十代男性で独居、持病に加え、移動能力が衰え、訪問看護、介護などを受けるようになり、当方もその住まいに出入りするようになった。

住まいは木造モルタル、錆の目立ちはじめた外階段を伝って出入りする二階の部屋であった。すこし前までは珍しくもない建物であったが、昨今ではむしろ少数派に分けられるであろう。窓に十分な日光が入らず、さらに煙草を切らさず、水を張った灰皿は飴色に変色し、梅雨時など、快適とは言いがたい佇まいである。

地名をそのまま述べたほうがわかりやすいのだが、あえて固有名詞を使わず説明したい。当方の診療所からその方の住まいまでは、南北に長い商店街を駅をはさんでまっすぐに歩いて二キロメートル弱、商店街の一方の出口からさらに百メートル以上あろうか、自動車の行き来する道路から、さらに一区画奥に入ったところにあった。

その方は自炊も不得意で、主に配食サービスを受けていたように思う。往診に伺うようになって何度か会話をかわし、うちとけてきた頃、当方に話しかけてきた。

「先生のところは、あの駅の近くですね。私は、よく駅を出て先生のほうへ向かって歩いてすぐの牛丼屋に朝食を食べに行ってますよ」と。

先に述べたように、その方の住まいから当方の診療所までは、商店街を直接歩いてくるのが最短であるが、杖を使いながら歩くには距離がある。タクシーも一方通行で利用できない。

どのように移動しているのかを尋ねてみると、まず住居の外階段をゆっくりと下りて、すこし先のバス停まで歩く。そこでバスに乗り、私鉄の隣駅にあるバスの終点まで移動する。その終点から私鉄の駅まで緩やかではあるが傾斜している道を二、三百メートル歩く。駅構内はエレベーターが備えられているが、電車をひと区間利用し、当方の最寄り駅で降りて、数十メートル先の牛丼屋に入り、朝定食を注文する、というのである。帰路はそのルートを逆戻りするわけである。電車、バスの道程がスムーズにいっても一時間弱は要する道程である。長辺三角形の長い二辺を、杖歩行、バス、電車で移動していたのである。

「朝は、他の店はあいていないし、温かいご飯を食べられる。これが私のただひとつの楽しみです」と、話してくださった。

その日以降、朝の時間、当方がその店の前を通るとき、店内を注意して見ると、たしかにカウンターの角に座っているその方の姿を何度か見かけた。だが店内に入って、声をかける気持ちにはなれなかった。

そのうち体調もさらに悪化し、独居は難しいと判断され、どこかの施設に入居されたと聞いた。今でもときどき、あの方はどうしているのだろうと思い起こすことがある。

唐突な物言いであるが、当方を含め本格的な自炊の訓練を受けていない方々は多いと思う。学生時代には、そんな時間があるなら勉強しろと叱られ、企業戦士として実社会に送り出されたあとには、表向きの就業時間が過ぎ、暗くなってもなおいろいろな責任を抱え職場に拘束され、帰宅しても風呂で汗を流して布団に入るだけ、という生活を強いられる。昨今でこそ、コンビニ、宅配など温かい食事を得られる環境に恵まれてきているが、戦後の荷風のように時間を自由に使える立場であっても物資の少ない時代、「野菜炊きこみご飯」を唯一の得意のレパートリーとして自炊してはいても、やはり飽きてくる。面倒になる。すると一日に一度は湯気の出るまともな食事を、できれば一人だけでない環境でとりたいと願うのは人情である。

今回例に挙げた方とやりとりしていて、当方は、ただちに荷風を思い起こした。何の意味もない図表（P29）であるが、某氏と荷風とを比較してみた。多少は往時の荷風、独居男子としての立ち位置の整理にはなるかもしれない。

最近、千葉大学の予防医学センターの近藤克則氏から「男性は同居の有無にもかかわらず、孤食だと死亡リスクは一・五倍高くなる」という話を聞いたことを思い出した。一人だけの食事はやはりよろしくないようである。

周知のことであるが、荷風は昭和二十年三月十日偏奇館焼亡のあと、代々木在住の従弟にあたる杵屋五叟宅に辿りつき、四月には中野の菅原明朗宅へ身を寄せる。だが、ここも罹災し、六月に明石を経て岡山に疎開するが、この地でも空襲罹災にあう。八月十三日に世に名高い（？）勝山へと赴き、同地に疎開していた谷崎潤一郎夫妻と再会。感動の食事の供与を受け、八月十五日、岡山へ戻る鉄道の車内にて、敗戦の時を迎えた。

昭和二十一年一月、五叟一家とともに市川市菅野に移住、その後、仏文学者の小西茂也氏宅に間借りしたり、その近辺を三か所転居。

昭和三十二年、終焉の地となる市川市八幡町の一軒家に転居。昭和三十四年四月三十日、その地にて生を終える。

現在でも江戸川を渡って国府台駅に至ると、川の上流の里見公園の緑地がなんとなくゆったりした温かみを感じさせる。ＪＲの駅のほうと比べると広い道路も高い建物も目立たず住宅地が多く、荷風転居の頃の名残を感じさせる。いろいろな方々が指摘するように、荷風は「向嶋」のような江戸近郊の情景に似たものを、空襲で大きな被害を受けなかったこの地に感じとったのであろう。国府台近くの弘法寺の石段を登りつめた山頂からの眺めや、江戸川から取水された真間川沿いの風情や、山部赤人の歌に出てくる手児奈《てこな》の伝説。また、当方が前から知っていたような説明をするが、その時代一番の美女が、その美しさが引き起こす男たちの争いを苦にして、真間の入り江に入水した、という伝説。いいねぇ。伝説であって現実とは遠く離れた物語であろうから味わいがある。

荷風晩年の『葛飾土産』の一節を読んでみてください。

遥に水の行衛を眺めると、来路と同じく水田がひろがっているが、目を遮るものは空のはずれを行く雲より外には何物もない。卑湿の地も程なく尽きて泥海になるらしいことが、幹を斜にした樹木の姿や、吹きつける風の肌ざわりで推察せられる。たどりたどって尋ねて来た真間川の果ももう遠くはあるまい。

京成線に乗って西船橋で降りる。「葛羅《かづら》の井《い》」は、名高い蜀山人の筆になる石碑が残されていたところ。以前当方が電車を降りて、「こんなところに碑があるのか？」と疑いを抱いて何のへんてつもない小道を歩いたのだが（住民の皆様ごめんなさい）、荷風の「偶然見つけたよろこび」を実感できたものだった。だが、そのときは、小さな目立たない案内と、淀んだ池だけだったのが、先日再訪してみると、まあ教育委員会様のお立てになった立派な案内板に師匠の写真までついていて、その折のときめき感が当方から消え失せ、なんとなしに物哀しい気分になる。小さな親切、大きなお世話である。

同じような哀しさは、八幡にある荷風が亡くなった旧居、故永井永光氏の子の世代の方々が守っておられるのだと思うが、木造の廃墟のような佇まいにも感じてしまう。旧居からすこし歩いて商店街に出ると、小さな荷風の小旗がかかっていて、多分、商店街の活性化の手段として、使っているのだろうが違和感を感じる。荷風自身がそんな小旗がはためくような情景は望んでいなかっただろう。

だが正直言うと、建物の保存や宣伝に関して、ではどうすればよいのか、という案は、当方も持ちあわせてはいない。

以前江戸東京博物館の展示で、『断腸亭日乗』そのものや、書画、衣類、傘、文具などを見たことがあり、これらの品々は、重要な文化財として、核攻撃に耐えられるような場所で大切に保存してもらいたい、という個人的な思いは強い。中村光夫氏は、一時筑摩書房の編集者として、ひんぱんに荷風と接する機会をお持ちだった。『評論　永井荷風』の一部を紹介したい。(長めになることを、お許しください)

しかしこういう極端なやりかたも、面とむかってしまうと無愛想にできない、都会人の気質を彼が自覚しているせいもありました。僕のような戦後のどさくさまぎれに初対面の関門を突破した者には、会うと案外愛想のいい人という印象でした。

そのときも端書の文面のことなど、忘れたように上機嫌でいろいろな話をしてくれました。といって別にもてなしてくれたわけでもありません。客に茶はもちろん、座蒲団もでないことがあったのは、前にも書きましたが、この菅野の家では、家人の都合のよいときは、お茶がでることがありました。襖ごしに「先生、お茶」という声がして、立ったままお盆だけ座敷のなかにつきだすと、荷風がそれをうけとって、茶碗を前においてくれます。むろんでがらしで、大抵はぬるく、当時としてもひどいお茶でした。このお茶さえ振舞われるのは、よほど運がよくてはならないのです。

しかし、こういう乞食の住居のような部屋に着古しの背広で座っていても、長身の荷風の姿勢には、どことなく優雅なところがありました。ことに上半身をやや反らして、片手で髪をなであげる動作をするときなど、驚くほど若々しく見えました。髪の毛は市川に移ってから少し白髪がまじるようになりましたが、相変わらず黒々していました。

話題も実に豊富で、ふだん独居しているせいか、喋る必要を感じているようなときには、次から次に話がつきず、思わず長座することがありました。フランス語の知識はかなり正確らしく、とくに十九世紀以後のフランス小説には詳しく、学者の話とは別種の味わいがありました。

だが、中村氏は次第に荷風のところに足を向けなくなる。その理由は、これ以上荷風を訪ねても仕方がない、という気がしたからとのこと。

理屈ではわかっていても、実物を見るとやはりがっかりする甘さが僕にはあったかも知れません。しかし、眼のあたりに見た荷風が、想像していた荷風とすべての点でちがっていたと云えばそれも嘘になるでしょう。この風変わりな老人の、物腰のどこかに漂う気品、時折り何気なく感じさせる教養、我儘と気弱さの奇妙な混合など、不思議な魅力があり、このような人があのような作品をつくったことがよく納得されます。

荷風に会ったことで、彼の作品のつくられた性格がはっきりしたのが、結局考えてみれば一番の収穫でした。これは決して彼の作品を貶す意味ではありません。文学作品はすべてそうしたものであり、作家の才能は、その作品にでているような形で、その実生活に発揮されるものではありません。こういう事情にはっきり気づいたことは、その後の僕の文学観に或る影響を及ぼしました。

奇人、人嫌いととかく称されるばかりの師匠だが、『日乗』の昭和二十一年十一月に自分の心境を素直に吐露したこんな記述がある。

農家の庭を見るに一家相寄り冬日を浴びつゝ稗を打てり。人間の幸福、これに若くものない。

荷風の生涯で、周囲のごく普通の人間で荷風が心を許していたと思われるのは、母親、幼児期の「老婆しん」。晩年の市川の時期の、福田とよさん（この方の存在は川本三郎氏が調べてくださった。福田さんは荷風と同じ年に逝去されたようである）。小林修青年、同姓の小林庄一さん、そして高橋英夫氏が最近明らかにした阿部雪子さんなどが思い浮かぶ。

独居ではあっても、亡くなった翌朝、福田とよさんに見つけられたのだから、荷風の死は「孤独」な死ではない。

当方とて、周囲の人間に見守られての大往生までは望んでいない。

死というのは、道を歩いていて不注意で前方の穴に気づかず落ちてしまうようなことが往々にしてある。どこでどういう死が自分を待っているのか。あまり考えてもしょうがない。ただ、望むらくは、暑い日が続いているときに何日も発見されなかったり、ある著名な作家のように、女性新聞記者ときれいに心中したつもりが結果的にその変わり果てた遺体を発見した方々に、苦痛を味わわせるような事態に陥る羽目にはなりたくないものである。

引用ばかりで恐縮であるが、古井由吉氏はこんなことを述べている。

人間は生きている限り永遠を思うことはあっても見ることはできない。
死ねば永遠となった自分を知る自分もない。

古井由吉『楽天の日々』の中の『断腸亭日乗』についての小文（キノブックス）。

| | 某氏 | 荷風 |
|---|---|---|
| 年齢 | 八十代 | 七十代後半 |
| 経済状態 | 公的助成が必要 | 良 |
| 認知 | なし | なし |
| 想定する介護度 | 介2 | 支援? |
| 食事のかたち | 常食可<br>（バス、電車を常時ではないが利用） | 常食可<br>（浅草までの行動困難－ADL低下） |
| 食事の内容 | 配食が主<br>朝一度の温かいご飯、のり、みそ汁など | 時々野菜まぜご飯自炊<br>のり、みそ汁などのこだわりは薄い<br>若い頃はクロワッサンの朝食<br>外出：主に夕食 |
| 周囲からの援助介入 | ヘルパー、訪問看護介入 | そうじ、洗たくは晩年世話をうけるが<br>食事の世話は望まない |
| 初対面者への対応 | とくに受け入れを拒まない | 他者を受け入れない<br>晩年、例外的に青年と親交 |

まるで関心のない方には理解できない比較表!?

# いつか墓前に花を　その1

気がついたら当方も、師匠が疎開し、敗戦を迎え、市川移住の頃の齢《よわい》となってきた。月日は百代の過客にして、なれど当方は日々惰眠をむさぼるのを恥じ入るばかりである。

当方、機会があり、豚児を背負い、カテガット海峡を望む町で暮らしたことがある。滞在時に、ベルリンの壁崩壊のニュースを白黒のTV画面で見たのは強烈な思い出として残っている。

覚えておられようか、往時は、情報を得る量が、現在とは異次元的に差があった時代である。彼の地において日本の歴史、風俗、言葉を忘れたらどうしようと（結果としてはまったくの杞憂に終わったのではあるが）、『摘録断腸亭日乗』や『日和下駄』などの文庫類を持参した。

肉眼で読めた文庫類は書棚の奥のほうに残っているが、書面は赤く枯れ、眼鏡をかけても書面はうすぼんやりと判読しがたい状況にあり、時の流れの残酷さを嘆くばかりである。いつまでたっても不十分な当方の理解、記憶でも残しておかなければ、ゴミとして消え去るのみである。

**荷風の作品について**

当方とて荷風全集をすべて精読しているわけではない。だが、明治の頃から、そして現在でもなお、「わが荷風」を論ずる方々は絶えることがない。最近のもので感心したのは、高橋英夫『文人荷風抄』、多田蔵人『永井荷風』、そして、おどろきの倉科遼原作・ケン月影作画によるコミック『荷風になりたい』など、まさに浜の真砂は尽きるとも……の観がある。それぞれへの評などとても当方の及ぶところではない。どうぞ、各自一読願いたい。

江藤淳氏は、

私にとっての荷風の文学は、たとえば荷風にとっての江戸期の人情本と同じようなものである。私は花柳界の消息に通じているものではないが、『腕くらべ』の駒代のような芸者が、今も昔も現実に存在し得ないことぐらいは知っている。駒代はいわば鏑木清方の画幅の中に住んでいる女である。その愚かさも、その手管も、その閨中の姿態も、なべて現実の芸者のものとするためには美しく描かれすぎている。したがって、それを夢の女と呼んでもよいであろう。私はこのような「夢の女」をひそかに愛好するものである。

私は人格として荷風の女を愛するものではない。それはもっぱら官能的な愛着であるが、私は、荷風の豊富な詞藻が描き出すこの官能的な「夢の女」が、日夜精神の重圧にあえいでいる自分を、過去の様式のなかに解放してくれているのが快いのである。

これに付け加える文言を当方は持ちあわせてはいない。

師匠の、小説、掌編と並ぶものが『断腸亭日乗』である。俗な例えであるが、師匠の車の両輪のようなものと当方は考えている。

この『日乗』についても多数の先達が述べておられることで、当方何も付け加えるべき新しい感想は持ちあわせてはいない。

あらためて述べるまでもなく、『日乗』は練りに練り直して書かれた、太平洋戦争の前後を中心とする長編の記録である。戦時中、発表の場を失った作家たちのみならず、研究者、あるいは官、軍の人間で、この時期に誰が師匠以上に確固な意識をもって記録した人間がいるであろうか。この記録自体が戦火を逃れて残されたということは、後世の人間にとっては本当に幸いである。

『日乗』の八月十五日には、

（朝、谷崎に送られ勝山を去り、）午後二時過岡山の駅に安着す。焼跡の町の水道にて顔を洗ひ汗を拭ひ、休み休み三門の寓舎にかへる。S君夫婦、今日正午ラヂオの放送、日米戦争突然停止せし由を公表したりと言ふ。あたかも好し、日暮染物屋の婆、鶏肉葡萄酒を持来る、休戦の祝宴を張り皆々酔うて寝に就きぬ。

当方は、この記録が国の宝として保存されることを、心から望むものである。敗戦のときに、日本軍が真っ先におこなったことは資料の焼却であったという。古代から洋の東西を問わず、ひとつの体制が崩壊するときにはおこなわれてきたことであろう。昨今の中央官庁の「忖度」による一連の行為も本当に唾棄すべきことである。公人としての使命感を持ちあわせていない。

**今からふりかえる荷風像、および経済状態について**

諸氏が抱いている師匠のイメージというのは、ドケチのエロジジイといったものだと思う（まあそれも否定できないのだが）。石川淳氏がののしるまでもなく。師匠は「ランテイエ」であり、銀行の預金と諸会社の配当金のみで生活可能な立場であり江藤淳氏も、師匠は、実社会としての交渉については、留学時代はともかく、短い期間、慶應の教授として勤務していたに過ぎず、生計を立てるために人と交わったこともなければ、そのことで生活に窮することもなかったと指摘しておられる。

父親の永井久一郎氏は文部省の会計局長などを歴任し（現在と比べたらどうなのかがよく理解できないが）、下野して日本郵船の横浜支店長などをつとめておられる。付け加えるまでもないが移動手段として航空機がない時代のことである。相当な実力者であり、父親としたら、問題児のセガレをなんとかまともな道に進ませたいという、まったく笑えないような思いで、私費留学で（厳密に言えば父親が全額負担しているのではないが、父親の力をもって）アメリカ、フランスで生活させた。現在でも、どこでも聞くような父親の気持ちであるが、ただ時代が時代である。師匠は「国外私費留学」のはしりであり、結果としてではあるが純粋に自分の文学修業の目的での留学は、ほんにうらやましい限りである。

アメリカ、フランスの両国でナマの（あたりまえだ）、オペラの鑑賞の機会もあり、現地女性との交際体験も含めて、その記憶を帰国後『あめりか物語』『ふらんす物語』として発表して、一躍、文壇の寵児となる。森鷗外、上田敏の推薦で慶應義塾大学の初代仏文科教授にもなり、「三田文学」の発起人でもある。

だが、父親との軋轢が一番の誘因と思われるが早々に慶應義塾大学を去る。

その後は大戦が終わるまで「ランテイエ」としての生活を送ることができたのであるが、当方は、作家の評価は、その行動に左右されるものではなく、残された作品がすべてであるとだけ申し上げたい。

『日乗』の引用が前後するが、昭和二十年八月十日の大空襲で偏奇館、そして心の拠りどころの万巻の書を焼失。荷風六十七歳のことである。

戦後になるが、昭和二十一年一月一日の『日乗』に、

今日まで余の生計は、会社の配当金にて安全なりしが今年よりは売文にて餬口の

道を求めねばならぬやうになるなり（中略）、老朽餓死の行末　思へば身の毛もよだつばかりなり。

と、記している。昭和二十一年、インフレーションと財産保有税の課税の影響で師匠も「ふつうの売文作家」になったが、周知のように戦後の大ブームで生活には困らない状態は保てた。

だが、あらためて感じるまでもなく、天災や戦争による被災は、経済的な面のみならず、心への傷も計り知れない大きな負荷をもたらすものである。いつの時代でも変わりはない。

# いつか墓前に花を　その2

当方、微少年の頃から「集中力に欠く」ことは、他からも指摘されている。今さら改善の方向に向かうものではない（と、開き直る）。

師匠が、昭和十八年十二月に脱稿（発表は敗戦後）した『雪の日』は、何かの拍子に突然読み返したくなることがある。それほど長くない文に、みっつのエピソードを記している。


ひとつは明治四十二年、亡き友人の井上唖々《ああ》との言門《こととい》の長命寺の茶屋での情景。

ふたつめは、余丁町の旧室での若かった頃の母親と小鳩の情景。

みっつめは、若い頃に出会った少女との「人情本の場面」のような甘い情景。

何度か読み返していくうちに、どこまでが荷風の描写した情景なのか、どこまでがそれに想起された自分の思い出の反映なのか、混然とした気持ちにさせられることがある。後ろ向きの回想なのでは、ありますが。

**荷風の女性観について**

中村光夫氏は、

女性に対しては、彼が愛情を感じるのは、いつも彼女らが何かの形で虐げられ、卑しめられた存在であるからです。そこにはいつも同情乃至は正義感の要素がみられますが、このとき彼はいつも優越者としての自己を意識しています。

前稿で述べた江藤氏も同様の指摘だし、正宗白鳥氏も同じ趣旨のことを述べておられ、当方も、そのとおりではあると思う。ただ、その「女性観」というのが、師匠だけのものなのか、その時代での「女性観」の歴史の位置づけを、他の作家と比べなければならないと思うが、とても当方の手に負えることではない。ただし、斎藤美奈子氏の、目からウロコの『妊娠小説』には、当方のアマさを自覚したということは記しておきたい。

## 荷風が清潔好きか否か

これには、関根歌氏の『丁字の花』(『荷風全集』(月報No.20) という一級資料が残っている。

昭和のはじめ、私が待合を開かせていただいておりました頃の先生は、毎日の外出に、必ずネクタイとワイシャツは取り替えられたものでした。もっともお住居の方は別でしたが、麻布のお宅にうかがって、埃だらけのお書斎を掃除しましょうと申しましても、埃を冠っている方が、どこに何があるか分かっていいなどと仰言るのでした。

同じ文の中に、このような記述もある。

麻布のお宅での昼御飯は、判で捺したように、大根おろしに葱のみじん切りをふったのと、いり豆腐ときまっていましたし、幾代（註：関根歌氏の待合）では、お夕食はヒレ肉のすき焼ばかり。朝はワシントンのクラッカーと、ミルクに板チョコを溶かしたものときまっておりました。銀座へ連れていっていただいても、銀食の定食、オリンピックのハンバーグと、飽きもせず同じものばかり召し上っておいででした。

こうしたふうに先生は生活全般にわたって一つの規準というものを作っておいでだったのでしょう。

お歌さんの文章を読んでいると、とても整然としていて感心してしまう。へたな文筆業の人間を上回る表現力であると思いませんですか？

話が、お歌さんの文にそれてしまったが、持田叙子氏が、褒めたたえておられるが、あの時期に、ショコラとクロワッサンを食していたり、庭の草花を愛でたり、その豊かな感受性は素晴らしいのだけど、大体が、ショコラとクロワッサンにしても、当方など同じ名前のついた雑誌が創刊されるまで、食卓に並ぶことを考えたこともなければ、「どこの馬の骨が……」の当方の家系で、あの時期に荷風のような華麗な食生活をしていた人間は、いなかったと断言してもいい。

外食や自炊が多いと、当方を含めて、とくに男性労働者諸君の場合、同じ料理を注文する傾向に走りやすいし、食堂も、この食堂に入ったら、どこに座って、注文は、この定食、となってしまうことは当方にはよく理解できる。

庭の草花を愛でたといっても、たんねんに庭の手入れをおこなっていたのではなかったはずである。師匠の目的は、あくまでも落ち葉焚きという行為そのものに関心があったのだと思う。

当方とて、身近に師匠がいたら日々のお世話をするかと問われたら、やはり遠慮してしまうとは思う。でも、まあそれはそれ。

師匠の文章に、当方はいかに救われ、今日まで心の平安を保つ糧となったかと思うと、師匠への感謝の気持ちは深まるばかりである。
この際、三島由紀夫の評も引用してしまう（『引用の織物』という宮川淳の名著もかつてあった）。

一番下品なことを一番優雅な文章で、一番野鄙なことを一番都会的な文章で書く。

大体が、明治以降の日本の文学に、師匠とそして谷崎潤一郎氏が存在しなかったと仮定したら、どれだけ、ぎすぎすして、味気ない文学風土になっていたかと想像してごらんなさいまし。

何度か墓前にて手をあわせたことがあるし、酔狂を自認する知人を墓前まで案内したこともある。
だがそろそろ、頭と身体が比較的達者なうちに、身を清めてから墓前に伺い、きちんと掃苔《そうたい》し、これまでの感謝を込めて花を手向けるときが近づいているようだ。

## はるばる朝倉秋月

関東で生活している人間にとって、朝倉という地名を聞いてまず思い起こすのは、先の豪雨、被災地としてのイメージであろうか。

朝倉、秋月に当方が興味を抱いたのは、それほど前のことではないのだが、歴史の授業で「秋月の乱」というのをどこかで聞いた覚えがある。

明治四年（一八七一年）、廃藩置県令が出され、追いたてるように、明治五年徴兵令、明治六年仇討禁止令が出される。旧士族の不満が高まり、追いかけるように明治九年（一八七六年）廃刀令が発令、それを機に熊本の神風連の士族たちが熊本鎮台を襲い、呼応した形で朝倉藩の旧士族たちも挙兵したが、一週間程度で鎮圧されたようである。

その頃の秋月を題材として扱っている吉村昭氏の書かれた『最後の仇討』を読んで、秋月に関心を持った。関心を持つと、以前にも書いたことがあるが、いろいろな情報、資料が当方の目の前に展開してくるもので、古書店に入ったら当方のちょうど目の高さに、安西水丸氏（この方も鬼籍に入られてしまった）の『ちいさな城下町』が置かれているではないか。絵や文章もさることながら、秋月の歴史もまとめてくださっていて、一見さん歴史家の当方としては、これを参考に、秋月の歴史を整理させていただきたい。

秋月氏の祖は、大蔵氏という平安時代に太宰府を中心に勢力を有した漢室の末裔の渡来人で、鎌倉の時代に秋月荘を拝領、秋月を名字として古処山《こしょさん》に城を築いた。天正十五年（一五八七年）天下制覇を目ざし九州遠征してきた秀吉軍と戦うが、居城は一日で落城、約四〇〇年築いた秋月氏の治世は終わり、秋月氏は日向へ転封される。

秀吉の時代が終焉を迎え、慶長五年（一六〇〇年）関ヶ原で勝利した家康は、筑前国の小早川秀秋を関ヶ原の論功行賞として加増のうえ備前国岡山に移した。豊前国の黒田長政も、大きく加増され、筑前国へ転封された。

元和九年（一六二三年）長政が死去すると、二代藩主となった忠之は、長政の遺言に基づいて、三男長興に秋月五万石、四男高政に東蓮寺四万石を分与し、秋月・東蓮寺の両支藩が成立した。だが、長興を家臣としてとどめておきたい忠之と、長興との間に軋轢が生じ、福岡本藩と秋月藩との間は険悪な関係となったようだ。寛永十一年には徳川家康より朱印状が与えられ、秋月は名実ともに藩として認められるようになった。

名君といわれた八代長舒《ながのぶ》の時代に観光スポットのひとつ、眼鏡橋が完成し、同時代の藩医、緒方春朔《おがたしゅんさく》は、なんと英国のエドワード・ジェンナーの種痘接種の六年前に人痘種痘法に成功したのだという。安西水丸氏によると長舒は上杉鷹山、上杉謙信、黒田如水、吉良上野介など多種な血を受け継いでいるのだとのこと。

そして時代は下り、先に述べた幕末、明治の廃藩置県へと流れていく。

あちこちから引き抜いて切り貼りしてきた当方の浅い理解はこの程度のもの、とおことわりした上で葉室麟氏の『秋月記』の一節を紹介したい。

小四郎が行く道は白く乾いて、まわりには木々が濃い緑から薄い緑まで幾重にも重なり合っていた。秋月は山に囲まれている。東に古処山を背負い、三方に山並みが続き、西側が筑紫平野に開けていた。標高百メートルほどの観音山があり、「秋月のふた」などと呼ばれていた。秋月の町は東西に細長く、小石原川の支流の野鳥川が盆地の中央を流れ、東西にのびる道と南北の二本の道が交差して町並みを作っていた。

筑前の〈小京都〉とも呼ばれる。武家屋敷、足軽屋敷、町家が東西に開けて続いていた。武家屋敷から少し離れた町家の裏側はすぐに田畑や草地だった。二本の道が交差するところが札の辻で、ここを起点に北へ向かえば八丁口を経て白坂峠を越え、長崎街道に合流する。南に出ると浦泉口を経て英彦山への道に出る。東に向かえば野鳥口を経て八丁越えへ、西は福岡口を経て甘木へと至る。

秋月に入ると、まず館に赴いた。秋月藩は城が無く、藩主の御殿も館にあった。

館の大門前では大木が枝を茂らせ、緑の影を周囲に投げかけていた。館の前面の濠には石垣が組まれ、その上は土盛りの斜面になっている。

当日朝、もう季節は秋に入っているのに、日中真夏日にもなる気候の中、博多から友人に付き添われ、ＪＲ経由で甘木駅に降り立つ。恥を忍んで言うが駅前の光景を眺めて、「なんでえ、そんなに大変なことではなかったのではないか」という第一印象を持ってしまった。先の報道の印象で、秋月＝朝倉全域＝大水害というイメージが当方の中でできあがり（大被害がなかったと言っているのではない）、お見舞い目線で長靴を用意していかないとまずいのではないかと身構えて朝倉に入ったのだ。

報道にしても広報にしても、一部を照らすが全体をすこし広い視線から捉えるとは限らない。大きな被害を受けたのは平地の三連水車などのある方面だったようだが、この日は確認する余裕はなかった。

朝倉市の南淋寺所蔵の古文書には享保五年（一七二〇年）、同じ地域での水害の記録が残されていたようだし、『秋月記』の文中では秋月に大きな災害をもたらした宝暦八年（一七五八年）、そして、秋日記の舞台の年代でも文政十一年（一八二八年）の災害が記されている。

甘木駅から秋月行きのバスに乗り、窓外を見渡す。比較的流れの速い川とバスが並走するところもあるが、橋と近くの家々に大きな損傷があったようには見えない。約三十分後、眼鏡橋のそばの停留所でバスを降りる。渓流野鳥川にかかる眼鏡橋は長崎の橋造りの橋工によって造られた大理石の橋で、地脈も美しく、川面に映えている。

橋のたもとの家の方がちょうど出てこられたので尋ねてみると、先の洪水のとき、対岸の舗道すれすれまで水が上がってきたが、こちらの家もぎりぎり被害は免れたとのこと。頑丈な橋であることをこのたびも証明できたようだ。

通りから山側の道に入ってみる。民家の先に「西福寺跡」という標示があり、明治九年十月の乱のときに有志二五〇人がたてこもり、あるいは刀を交えたところらしい。山あいの狭い空間に、その臨場感が今でもなお押し込められているようで生々しく感じる。

道に戻り、今度は野鳥川沿いに散策する。葛を作る店、和紙の店、和菓子屋など瓦屋根の店が並び、全体に落ちついた風情を醸しだす。

この町は、寅さんが訪れた町でもある。小沼昭一演じるテキ屋を見舞いに、ヒロインは音無美紀子だった由。寅さんはテレビでも現在も放映されているから、そのうち確認しよう（『男はつらいよ寅次郎紙風船』）。

緩やかな坂を上り、杉の馬場、秋月博物館（当方が訪れたその数週間先に開館予定とのこと）。長屋内、黒門などを巡る。紅葉や桜の季節はとてもきれいなんだろうなと思える。ゆっくり出直す機会を持ちたいもの。とても落ちついた環境ではあるが、現実には秋月城址にある中学校は廃校の計画があるとのこと。一見の旅の者には計り知れない時代の流れも確実に押し寄せてきているようである。

空気が澄んでいるし、周囲の山々も樹々が鬱蒼としていて水持ちがよいのかなと考えていたら、同行の友人が、適当な伐採をせずに密集した山林はかえって大洪水の原因になるのだと教えてくれた。へえーそういうことなんだ。物知りなのね。

城から町家のほうへ戻り、「蒸し雑煮」とそばを賞味。いい味。

店を出て、タクシーを呼んで帰路につく。

余談になるが、この訪問の前日、友人に教えてもらったオプショナルツアー（当方の全行程が、はじめからオプショナルツアーといえばそのとおりなので正確に書けば、オプショナルツアーの中のオプショナルツアーなのだが）で、博多―門司―下関―小倉記念病院―博多という四時間コースを体験した。中世から幕末、そして現代の史跡（もっといろいろあるのだろうが、こちらの知識がおっつかないだけである）を見て回れた。

そして夜には、これからの九州、いや世界の精神科医療を支えるであろう若人が手配した、下川端の店に入り、飛びはねる海老、動き回るアワビ、そして芋焼酎などを堪能させてもらった。

サカナは下川端に限る！

最後に、素晴らしい秋月の物語を記し、当方をして、この地に導いた、亡き葉室麟氏につつしんで哀悼の意を表する。まだこれからたくさんの物語を書いてもらいたい方だったのに。

## 鰍沢

しまったあ～。先を越された。当方の顔に焦りの色がうかがえる（自分で言っているのだが）。いくら新聞離れの傾向があるといっても、発行部数、数百万部の全国紙の日曜版が鰍沢をとりあげたのである。当方、山梨の県央のほうといっても足を延ばしたのは甲府市ぐらいまで、それももう数十年前のことである。

鰍沢という地名も、当方が研修を受けた医局の、別の講座の派遣病院があったはずだ、という程度の記憶しかない。この時点で、当方の「行ってみたいな」という願望は、「行かなければならない」という強い意志に変質した。大資本企業と個人との戦いである。平成のドン・キホーテと呼んでもらいたい。（急がないと平成も終わってしまう）

国民的祝日の朝、当方、はじめてバスタなるところからバスに乗り込む。なれど時間に余裕のあるはずの余人はなぜ、同じような日に移動したがるのか、高速道とは名ばかり、都内を抜け出るのに時間を費やし、バスが鰍沢本町に着いた時には、時刻表の予定時刻を優に二時間以上超えていた。

また、何を一人でぶつぶつ言っているのかと理解を得にくいだろうから、簡単に説明したい。

幕末から明治にかけて活躍した、三遊亭圓朝《えんちょう》の名はご存知と思う。誰が名付けたか、「落語のシェークスピア」(うまい表現だと思う)「牡丹灯籠《ぼたんどうろう》」「真景累ヶ淵《しんけいかさねがふち》」「芝浜」「文七元結《ぶんしちもっとい》」「塩原多助」「黄金餅《こがねもち》」他多数のお題を聞いたことがない方は、おられまい。

人物交流だって、山岡鉄舟、高橋泥舟、伊達千広(陸奥宗光の父親)、井上馨、黒田清隆。分野は異なるが歌川国芳、鏑木清方《かぶらぎきよかた》、河竹黙阿弥、……きりがない。

川田順造氏は、「江戸」のことばを連続させずに「東京」のことばへ移行させるのに圓朝が大きな役割を果たしたと指摘しておられる。

「鰍沢」というお題は、日蓮宗総本山の身延山参詣帰りの雪道で旅の男は迷い、民家の灯を頼りに、一夜の宿を乞う。中には美しい年増がいて、のどから頬にかけて傷跡がある。この女は、以前吉原で客と懇ろになったことのあった花魁、お熊で、心中し損ない、廓のおきてで人前に曝されたあと、ようやく脱走してここまで逃げのびてきたという。男はお熊のすすめる毒の入った卵酒を飲み、気持ちよく寝入ってしまう。それを確認したお熊は酒の買い足しに外出する。そこへ入れ違いにお熊の亭主の膏薬売りの伝三郎が戻ってきて、客の飲み残しの酒を飲むと、舌がもつれて倒れてしまう。一方、男も目が覚めるとにわかに身体がしびれてきたが、なんとか家の外へ転がり出、小室山から頂戴した毒消しの護符を飲むと、身体がきくようになり雪の道を逃げ出す。この気配に気づいたお熊は、亭主の敵と、鉄砲をもって男を追いかけてくる。追いつめられて崖っぷちまでくると、真下には富士川の急流。そして……。

幕末の三題噺の会で、「小室山の護符」「熊の膏薬」「卵酒」を、圓朝が即興（とされている）で、まとめあげたという。ただ圓朝は実際には、この地に訪れたことはないようである。

圓朝の創造力と構成力の凄さと、当方ののろい亀のような、現場探究の試みとを対比されたい。

ということで、鰍沢本町で下車したものの、通りはシャッター街の趣、外を歩く人影もない。「小室山妙法寺入り口」との標示を見つけ、そちらの方向へ歩くと、ちょうどそこにタクシー会社があり、寝ころんでいた運転手に妙法寺三門のところまで送ってもらう。予想外に立派な三門で、七十二段の石段を上り、本堂に至る（口絵）。

この寺は「あじさい寺」とも呼ばれているらしい。「小室山縁起」によると、文永十一年（一二七四年）日蓮聖人は身延山に入っていたが、身延山からほんの五〜六里にある小室山がその頃真言宗のお寺で、このお寺にも法華の教えを広めなければならないと考え、ちょうど青葉に薫風の心地よい頃足を運んだ。ふと田の面をみると、田植えをしている乙女の足に蛭がたくさん食い入っている。そこで聖人は殺生をせずに法華経を誦え、加持をしたところ、たちまち人にとりつく蛭はなくなってしまったとのこと。

また、一度は弟子になった当時の住職が、聖人に毒の入った粟餅を献上した。聖人は、まず軒先の白犬にひとつ与えたところ、白犬はたちまち死んでしまった。聖人はそれを見て、毒消しの護符を白犬の口に入れたところ、白犬はとたんに息を吹き返した、などの奇跡をおこない、小室山は、日蓮の教えの下に入ったとのこと。素直に読めば往時の信徒獲得の戦いがあって、これは勝者のほうからの記録とも受けとめられる。ほんとは別の another truth があったのかもしれない。

ひと休みのあと、三門まで下りていき、その下の道を進む。以前は参道としての機能を持っていたようで、今は閉じた宿が二軒見受けられた。一軒は丸窓のデコレーションがついていて風情を感じる。興味のある方は今のうちにご確認ください。その先に黒門があり、遠くに富士の頂が遠望できた。そのそばに道路をはさんでＪＡ共済とか穂積郵便局の建物がある。両者に同じような時計がかかげられていて、一方は現在の時刻を示し、もう一方はある時間を示したまま動いていない。久遠の時を表しているのだろうか。

帰路、旧小室道とされる谷あいの方角へ歩いてみた。現在でも道に迷いそうな山道を谷に沿って下ってみると、水を張った田があり、なんと蛙を発見した。当方が水田や小川などで蛙を見たのは、さてどのくらい前だったか思い出せない。微少年の頃が最後だったように思うが記憶は不確かである。もしかすると、このふたつの記憶は当方の一瞬の午睡の間の出来事だったのかもしれない。さらに山道を下っていこうとしていたら前方に、「高電圧きけん　さわるな」という標示のある鉄柵に遭遇。道は中断されていた（口絵写真）。柵の上の藤の花がとてもきれいだったことが妙に目にやきついている。

元の道をひき返す。途中で、妙法寺でタクシーを降りてはじめて、野良に出てきたかと思われる年季の入った女子に出会う。当方に警戒したまなざしではあったが、当方の問いに、やはり、あの柵から先には進めないとの返事をもらう。でも女子が警戒するのも無理からぬこと。こんなところを外部からの人間が歩くなんて、郵便配達か、保険勧誘か在宅医療の関係者ぐらいのものであろう。先の縁起を思い出して、もしかしてあの女子も、蛭に吸われた乙女の末裔なのかしらと、想像してしまう。

大新聞の記者さんは物知りで、この古道が「村岡花子氏も、町のほうへ恋人への郵便を出しに歩いた道」と述べている。穂積郵便局のできる前の頃だったようです。

バスも通る（ただし、日祝日限定で、それぞれ三往復だけのようである）。現在の小室道を、町内の方角へ歩く。あれこれと小川が多く、たまたま道を歩いていた男子（明らかに当方よりひとまわりは上と思われる）に「こんにちは」とお互いあいさつをし、「この川の名前は？」などと、会話をかわして別れる。なんだか笠智衆氏と会話をしている気分になる。美しい日本の私である。

元のシャッター街道に戻っても相変わらず歩いている人はいない。JRの駅のほうへ行こうと思っても、標示が見あたらない。それでもなんとか富士川に架かる橋に至る。川の幅は広く、流れは穏やかで、圓朝のお題に出てくるような趣は、今はない。急流よりもむしろ橋が長く、雨風の強い日だったら橋上から飛ばされそうな恐怖すら感じる。橋を渡り切ると、こちらは「市川三郷町」の標示。ええ？「鰍沢」町と「鰍沢口」駅は別の自治体だったのかと今頃気がつく（口絵地図）。

なんとか無人駅に辿りついたが、列車は一時間に一本程度の運行。ホームのベンチに座って、鰍沢、南アルプス側を眺める。こちら側から街に入ったほうが全貌が理解できたようだ。数十分後、ホームに上下の列車が入ってきた。また昔の思い出になってしまうが、単線の駅でタブレットの交換をしていたのはいつ頃までだったか。夢の中のよう。

二両編成のワンマンカーに乗り込む。お見合い型の席で、ひとつのボックスにひと組ぐらいの客数。新緑の時期の暑さと疲れで、なんとなく眠気が襲いはじめる。さあどうしたものか……。勘のよい方は拙著で以前に使った手を思い起こして、冷ややかな目をお向けになる方もおられよう。だが、他の手が思い浮かばない。恐縮であるがもう一度、同じ手を使わせていただきたい。

ということで、「鰍沢口」をワンマンカーは出発する。

次は「落居《おちい》」、身延線開通九十周年の看板が立つ。へえ、そうだったんですか。

次は「甲斐《かい》岩間」、そうか、ハンコの町なのか。

「久那土《くなど》」、富士の白い頂がちょいとのぞく。学校に「燃える峡南健児」の垂れ幕。

「市ノ瀬」、石材会社の展示品の中にゴジラまで鎮座しておられた。

「甲斐常葉」、民家の二階のベランダに洗濯物がはためく。すぐに乾くだろう。

「下部温泉」、切り立った山々のふもとに家々がある。何人か降り立つ。当方もいつか湯治に訪れる日の来ることを願う。

「波高島《はだかじま》」、興味深い駅名である。

「塩の沢」、川幅の広い富士川の視野が開けてきた。河岸を歩く母娘が気持ちよさそう。我らが運転士さんは、ここで交代らしい。

「身延」、ホームが三番線まであり、駅前にビジネスホテルまである。ホーム内に「身延そば」のスタンドがある。原武史先生はすでに味わっておられるのかしらん。

「甲斐大島」、途中でこいのぼりがはためいている。

「内船《うつぶな》」、途中の富士川に大きな橋が架かっている。「中部横断建設中」の看板も見える。峨々《がが》たる山並みが美しい。

「寄畑《よりはた》」、富士川の対岸にコンクリートで造られた隧道のようなものが見える。川も水量豊か。

「井手」、前の駅の続きのような感あり。

「十島《とおしま》」、川面が見えにくくなった。このあたりはコンクリート用の川砂採取が多いようである。

「稲子《いなご》」、線路のそばの紅白の躑躅が美しい。

「芝川《しばかわ》」、よけいな心配だが、大きな工場が目につくが、スーパーなどの大型店は充足しているのだろうか?

「沼久保」、富士の姿が大きく映える。

「西富士宮」、すっかり開けてきて、富士の姿も一段とくっきり見える。

「富士宮」、左手に富士山宮の赤い鳥居。右手に富士宮市立病院、AEONなどの建物が目に入る。ここでたくさんの乗客が乗り込んできた。

「源道寺」、乗り込んで当方のボックスに座った女子二人、何も言わずこちらに目礼もせずブラインドを下ろし、業務ノートを出しながら、ぺちゃくちゃ会話を始める。状況を説明するが、窓から直射日光がさし込んでいたわけではない。美しくない日本の私。

「富士根」、女子二人が「あっちが空いた」といって席を替える。ブラインドを当方が開け直す。せわしい日本の私。

「入山瀬」、SLを置いた公園があった。

「竪堀《たてぼり》」、駅のホームにはじめて医療機関の看板があることに気づく。

「柚木《ゆのき》」、今になってバスタ以降、百円のペットボトルの水を何口か飲んだだけで何も食べていなかったことに気づく。ところで富士山が見えなくなってきた。どこへ行ったのでしょう。

「富士」、約二時間の乗車を終える。どうだ、この間寝入らなかったぜい。自慢するほどのものかどうかは判断できないが、達成感は、ある。

ご案内
妙法寺に参った折、ここまで来て、手ぶらで帰るのもなんだかなあと、思い、日蓮聖人の霊験あらたかな「毒消しの護符」を求めて参りました。ご希望の方がおられれば、お譲りいたします。ご一報ください。

随筆
# 橘之助襲名

圓朝について記したのにあわせ、まったく強引ではあるが、三遊派の最近の吉事について述べておきたい。圓朝の弟子の一人に、二代目圓橘《えんきつ》という人がおり、そこに入門し、寄席色物を演じ、三味線の名人として三遊派の大看板となり、「女大名」の異名をとった人がいる。立花家橘之助《きつのすけ》という。

後に山田五十鈴が芝居『たぬき』で演じたのが、その橘之助だという。もちろん、当方そんなことまったく知るわけもないが、何がよろこばしいといったって先日、ひいきの小円歌がその大名跡を継いで二代目立花家橘之助を襲名した。

小円歌は、亡くなった三代目円歌の弟子である。生前から円歌は小円歌に襲名をすすめていたとのこと。とにかく、今の現役の芸人の誰一人、初代のその芸を目、耳にしたことがない、というのがいいところで、思う存分自分の器量で芸の道をさらにみ

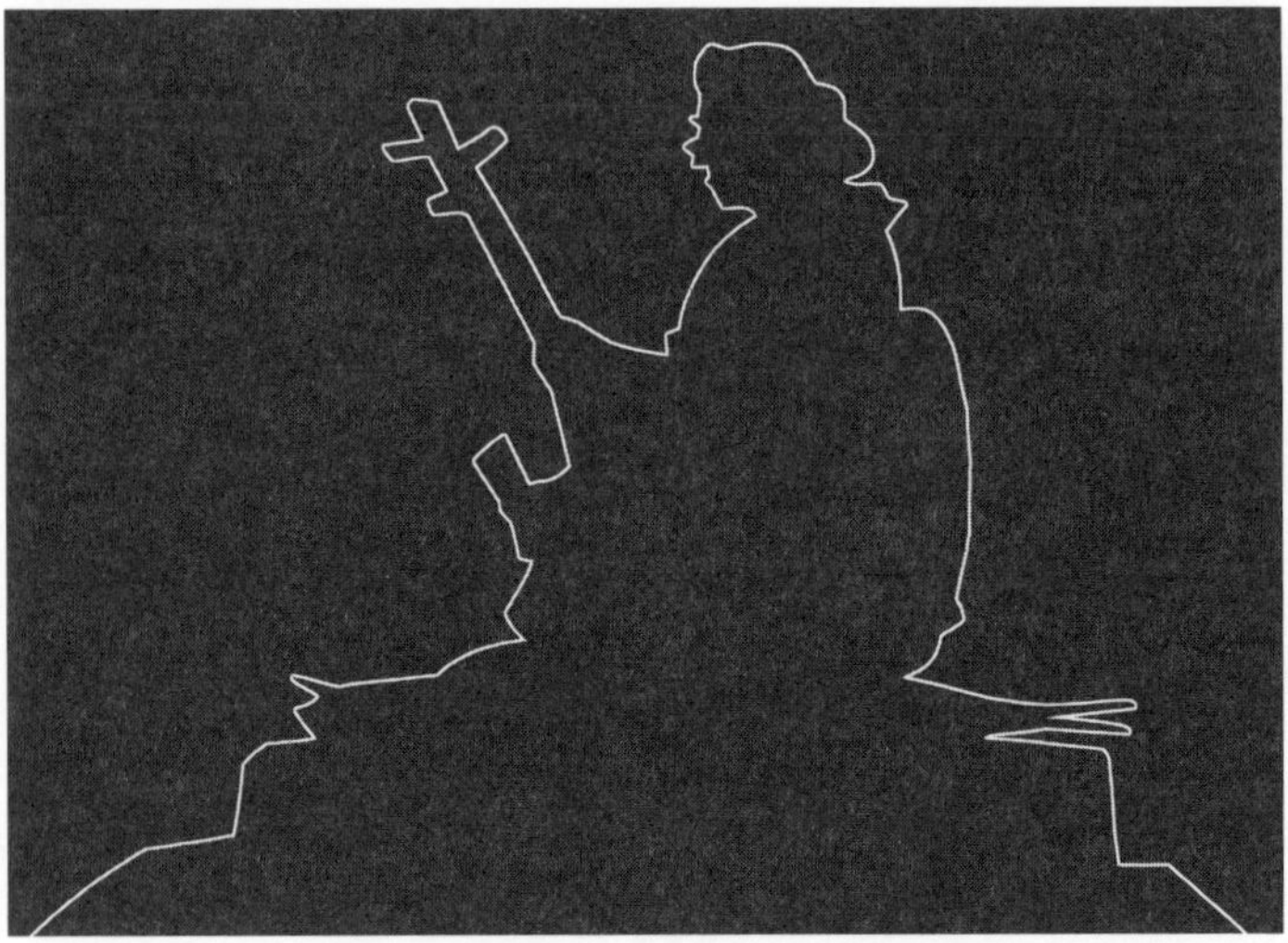

二代目立花家橘之助　紙切り　林家楽一

がいていただきたいと思う。

実は永六輔氏も、小円歌にかなり思いを寄せていたらしい（素直な意味で受け取ってください）。「この、しゃくれ顎のじじいが」と舌打ちしてしまいたくなった。へんなところでライバル意識を抱いてしまう。だが、当方とて、「夢で会いましょう」を幼い頃眠い目をこすって見たことはとても大きな思い出。永氏の存在が当方の人格形成の一部をなしていることは否めない。まあ、仲よくお互いにファンでいましょう。きちんと背筋を伸ばしてきれいな襟足をのぞかせて着物を着ている女人には、当方めっぽう弱いのである。

とまれ、二代目橘之助の精進を願うとともに襲名披露興行のときに紙切り林家楽一《らくいち》師匠にいただいた当方の大事な切り紙をここに披露したい。どうだ、うらやましいだろう。（「恥」と感じる閾値が年々低くなっている、という自覚は持っている）

## 遅れてきた老年の「危険な関係」

すでにお気づきのことと思うが、当方未来志向が極めて薄く（火星に投資するなら、そのほんの一部でも当方の周囲の生活環境のために還元してほしい）、とりわけ自分が経験できなかった過去の事象に対する思い入れが強い。

さかのぼることだって「旅」である。

恵比寿で、『フェリーニに恋して』を上映しているのを知る。イナカモノなので、山手線を目黒のホームに降りたら、あら？　ここじゃなかったっけと気づいて、一駅戻って、CINEMAに辿りつく。当方の人生を象徴しているようだ。

映画の内容は、米国オハイオの田舎町「リミニ」（実在の地名らしい）に住む女のこがクリーブランドでフェリーニの映画を観て、あこがれ、イタリアへ飛び、girl meets boy, go to magical mystery tourといったもの。主演のKSENIA SOLOという女性がまたかわいくて！（大体、主演女優というのはかわいいものなのだが）ロミオとジュリエットの舞台の家が、フェリーニと関係があるのか、二人が登るドゥオモの塔は、ミラノのそれなのか、パンフレットも求めたのに何も触れていない。おそらく『ロミオとジュリエット』はニーノ・ロータの楽曲としてフェリーニとの関連性を持たせているのだと思う。現地踏査をして確認したいのだが、かなわぬ夢でしょうな。学生の頃、フェリーニの上映会を企画したものの、当方はまったく観る時間を作れなかった、という哀れな記憶がある。映画だけでもきちんと見返してみたい。

だが、今回のテーマはフェリーニではない。CINEMAの予告編として、ロジェ・バディムの『危険な関係』のデジタル・リマスター版が、次回公開、coming soonの案内。予告編のライヴの画面で見つけたのは、デューク・ジョーダン（P）、そしてなんとケニー・クラーク（ds）。あれえ、当方の知識では、サントラはデューク・ジョーダンはいいとしてもジャズ・メッセンジャーズだったはずだが？　と疑問が湧いてきた。ということで一週間後、再びシネマへ赴く。うまい商売してるね、すくなくとも一人は予定入場者を増やせたのだ。

『危険な関係』は、バディムの書き下ろしではなく、「ド・ラクロ」という十八世紀のフランス人作家が原作とのこと。この映画の前にも、世界中で舞台化、映画化されており、日本でも発表されていた、という。機会があったらすこし調べておきます。

この作品公開は一九五九年であるが、バディムは一九五七年にすでにModern Jazz Quartet（ＭＪＱ）を起用して『大運河』を発表して、ルイ・マルの『死刑台のエレベーター』とともにシネ・ジャズとも呼ばれる、映画音楽にジャズを利用した分野を切り拓いている。

当方の理解では、「ヌーベル・バーグ」と呼ばれる分野とほぼ重なっている。「ヌーベル・バーグ」に関しては、春日太一氏は表現方法自体は画期的な試みがみられるが、頭でっかちの映画人を跋扈《ばっこ》させるきっかけともなったとも述べ、必ずしも積極的な評価をしていない。映画音楽のほうに戻ると、『大運河』は、ＭＪＱが音楽を担当。ジョン・ルイス（Ｐ）は音楽理論をきちんと学んだ人で、音楽も室内楽のような、「観賞することのできるジャズ」を演奏した。ケニー・クラークもＭＪＱに在籍していたのだが、その頃にはすでにパリへ移住していた。『死刑台のエレベーター』

は当時二十五歳のルイ・マルの大問題作で主演がモーリス・ロネとジャンヌ・モロー。演奏にはマイルス・デイビス（tp）の依頼でパリ在住のケニー・クラーク（ds）他、バルネ・ウイラン（ts）、ルネ・コルトルジュ（P）、ピエール・ミシュロ（b）が参加した。当時の映画界を唸らせた作品。植草甚一氏など当時の日本の批評家たちも絶賛している。

当方も、記憶が遠のくが、当時二〇〇円二本立ての映画館で観た記憶がある。ただ全貌は覚えていない。多分観賞中に一部入眠していたのではないかと思う。睡眠観賞法に関しては、当方一家言を有するが、ここではふれない。ここでこの『死刑台のエレベーター』のほうを主に触れるとマイルスのほうに重点をおかざるを得ないので、これもまたの機会に譲る。植草甚一氏は微少年の頃の当方のあこがれで、サインしてもらった本も何冊か持っていたが、当方の了解もなしに、みそと、くその違いがわからない人間に処分されてしまった悔しい思い出がある。経堂の小田原方向すこし先の右側の線路沿い、木造平屋建てだが、壁をすべて進駐軍の宿舎のように薄い青色で塗った家に住んでおられた。氏のレコードとか本などは、森田一義氏が保管していると聞き及ぶが、森田氏も将来、保管が困難な時期に至ったら、世田谷区民の当方としては、文学館なり、しかるべき区内の施設で管理していただきたいものである。

大きく横道にそれて失礼したが、一九五九年『危険な関係』が公開された。映画初頭のモノクロの画面で、バディムがナレーションをし、物語が始まる。出演者は今からふり返ったら、オールスター大興業。ジェラール・フィリップ、ジャンヌ・モロー、アネット・S・バディム、ジャン＝ルイ・トランティニャン、ボリス・ヴィアンなど錚々たる顔ぶれである。

ジェラール・フィリップはスラブ系の端正な二枚目。はじめて動く姿を見たが、たとえば同じ二枚目でもアラン・ドロンは、なんとなく地中海沿岸の裏町育ちの成り上がりというイメージが抜けないのだが、フィリップは外務省の官僚を演じても違和感を感じさせない凄みがある。上映されたこの年にフィリップもボリス・ヴィアンも亡くなってしまい、モローもそう遠くない昔に亡くなり、現在生存しているのはトランティニャンだけであろうか。

映画は、フランスの上流階級のねっとりしたエロスがかちっとした様式美のもとに、当方の友人が口ぐせでいう「お約束」の筋書きで進行していく。出演者それぞれが圧倒的な存在感をもっているのだが、ジャンヌ・モローのぬめった美しさは、六十年もの時間を経た今だからこそ、ゆっくり鑑賞できるのではないかと思う。こんな映画だったのかと、初見の老年としては、きらきら光る拾い物を探しあてたような気分である。作品公開時の画像もきれいだったのだろうか。もしかしたら現在の4Kでリマスタリングされた画面のほうが、さらにそれぞれの美しさをひき立てているのかもしれない。

この映画に関しては、「封切り」のときに観ている和田誠氏は、

ヴァディムも「危険な関係」でアート・ブレイキーやセロニアス・モンクの演奏を使った。（当方註：このあと述べるが、これは多分サウンドトラック盤のほうのことだと思う）「大運河」のあとだからぼくは大いに期待したのだが、これには少々裏切られた感じがした。

映画『危険な関係』
発売：シネマクガフィン　販売：紀伊國屋書店　価格：4,800円+税
ソフトの発売情報は、書籍刊行時のものである

映画と音楽の気分が合ってないし、演奏するプレイヤーたちの動きと音がシンクロしていないのでシラケてしまったということもある。

『大運河』とか『死刑台のエレベーター』を当時封切りでご覧になっていた方からみると、そのとおりなのであろうとは思う。だが、遅れて来た老年、当方としては、『大運河』を観る機会にも、いまだ恵まれていない。とにかく一連の作品を観て、往時の香りを、そして出演者、演奏者の「ナマの姿」を見ておくだけでもうれしいのだ。

前述したように、『危険な関係』の演奏はアート・ブレイキーとジャズ・メッセンジャーズで、とくにデューク・ジョーダンの代表作であるとの知識しかなかったが、それはあくまでもレコード化されたサントラ盤のほうのことで、映画中の「ミゲルの宿」で実際に演奏するのは、デューク・ジョーダン（P）ケニー・ドーハム（tp）バルネ・ウイラン（ts）ポール・ロベール（b）そしてケニー・クラーク（ds）。当方にとってはまったく思いもかけない形で、ケニー・クラークたちの生の演奏を観ることができたのだ。和田誠さんが指摘されるように、会場でフィリップが喧嘩がらみでトランティニャンに殺されるのに、クラークは堂々とその前で素晴らしいドラミングを続けるなんて、ご都合主義の三文ドラマの演出なのだが、それはそれ――アバタもエクボ、五人の演奏が観られれば当方にとってそれでいいのだ。付け加えるとバルネ・ウイランだけは、当方来日公演でその生の演奏に接することができた。

周知のようにケニー・クラークは、ジャズのモダンドラミングの開祖とされ（まあ、ファンの間では、腕としては寺島靖国氏のようにフィリー・ジョー・ジョーンズのブラシワーのほうが技術が高いという方々もおられるけれども）、ディジー・ガレスピーの楽団や初代MJQのドラマーなどを経て、一九五六年パリに移住（米国の軽音楽界では、クラークのレベルの人たちでも仕事が満足にできなくなってきていたのだ）、『大運河』のときだってMJQに在籍していたらもちろん出演していただろうし、マイルスがパリにやってきたときだって、誘われて『死刑台のエレベーター』に参加しているのだ。「ジャズと映画」の分野でも欠かせない人だったわけである。

ケニー・クラークはこの映画公開と同じ年にドイツのケルンのカフェ、後年有力なプロモーターとなるジジ・キャンピ（イタリア人）の店で、ベルギーのピアニスト、フランシー・ボランと出会い、共演し（マイナーな録音はしているが）、ジジ・キャンピの肝煎りで、一九六一年、ブルーノートから『ザ・ゴールデン・エイト』を発表し、ケニー・クラーク＝フランシー・ボランビッグバンド（CBBB）の母体ができあがる。CBBBは、ビートルズ、ローリング・ストーンズをさきがけとするヨーロッパのロック音楽の爆発的な台頭の中でも、ヨーロッパを中心に活躍し、多くの人々の心をなごませ、そして、すこしタイムラグがあるのだが、二〇〇〇年代初頭には極東の東京の片隅で零細な店を開いた、一人の「明日への診療」の糧を得るをどころか、「本日の支払い」に四苦八苦していた、をぢさまの心をなぐさめてくれる影響を及ぼすようになるのだ。

## CBBB――とびっきりのストレス解消法

ケニー・クラーク・フランシー・ボラン・ビッグ・バンド The Kenny Clarke Francy Boland Big Band（CBBB）の端緒となった『The Golden Eight』（一九六一年五月録音。Blue Note）のライナーノーツを紹介させていただく。

そこはよくあるヒップなイタリアンスタイルのカフェだが、しかし特別な店なのだ。

場所は西ドイツ。二千年の歴史をもつケルンの中心街。かつてはローマ帝国の兵士が当時のモカを淹れていたちょうどそのあたりだ。カンピの店は、疲れて埃まみれの旅人と、まわりの灰色一色、ドイツ的雰囲気からすこしでもイタリア的なものへ逃避しようとしてやってきた騒がしいイタリア人でいつも溢れている。アイスクリーム中毒の子どもたちに、気晴らしを求める退屈した学生のたぐい。この場所は彼らを裏切らない。美しい女たちがテーブルの間を滑るように動き、飢えた男たちはその動きをわずかも見逃すまいと狙う。その喧噪の中心にはしかし、変転きわまりないアーティストの集団がいる。ジャズミュージシャンと、クラシック系の同業者、電子音楽の作曲家、絵描き、彫刻家、単語詩人、ビートニクス、そして先祖代々と同様の愚かしいもの書き。ケルンに来る者はマリア・カラスであろうとカテリーナ・ヴァレンテであろうと、かならずこのカンピの店に戻って有名なエスプレッソを口にするはずなのだ。

―ジャック・メリッシュ（中原尚哉訳）

ライナーノーツを読むだけで心が躍るという経験ができる、ということは当方にとっても多いことではない。「ヒップ」とか「ビートニク」という表現に出会うのも久しぶりである。

それはそれとして、この「ザ・ゴールデン・エイト」のメンバーは、ケルンのラジオ局ＷＤＤ所属のクルト・エーデルハーゲン・オーケストラから参加しているが、メンバーの国籍は米、ベルギー、英、ユーゴスラヴィア、スイス、オーストリア出身者で構成されていた。クラークが、最高のスティックとブラシの使い手であることに異論はまずないし、ボランも、実は五六年から五八年まで、ニューヨークの「バードランド」に出演し、演奏ばかりでなく、作・編曲でも評価されていたとのこと。

アルバムの中の『ドリアン0437』というのは、当時のクラークの家の電話番号だったそうで、そのぐらいパリでの業界の連絡先として有名だったらしい。

大村幸則氏によると、ヨーロッパの実力派のミュージシャンばかりでなく、アメリカでの人権を巡る状況やジャズという音楽の無理解を嫌ってヨーロッパに移住してきた米国のミュージシャン（=ジャズ・エグザイルス）を積極的に迎えいれたことが大きな特徴であるという（クラーク自身がそうであるし、おそらくベイリーがなかでは一番早く移住している）。

ごく大雑把な分け方になるが、『ジャズ・イズ・ユニバーサル』（一九六一年フィリップス）や『スイング・ワルツ・スイング』（一九六六年フィリップス）、『オールブルース』（一九六七年MPSサバ）などではメンバーが随時代わっており、ビッグバンドのほかにクラーク、ボラン、ウッディのリズム隊を中核として、抜粋のメンバーによるコンボでの録音も、たくさん残されている。

大村氏の表現と似かよっているが、瀬川昌久氏は、「ビッグバンドの国際連合」と紹介している。当方の不器用な表現で恐縮であるが、クラークのきっちりとしたリズムワークと、ボランの紡ぎ出す作編曲による洗練された演奏、そして強力なソロイストたちの味を十分に生かしたサックス・アンサンブルなど、一九三〇年代のエリントン、ベイシー全盛時代以降、久方なかった、はっと耳目を惹きつけるようなバンドであったようである。そしてビッグバンドというのは、往々にしてその時代のその地域の音楽文化を凝縮した象徴となるものである。

参加していたミュージシャンたちが凄い。全員挙げようとしてみるが、何人かの洩れがあるだろうことは、お許し願いたい。

（tp）ベニー・ベイリー（米）、ダスコ・ゴイコビッチ（ユーゴスラヴィア）、アイド

リース・シュリーマン（米）、ジミー・デューカー（米）、シェイク・キーン（ジャマイカ）、ジミー・ドイチャー（英）

（tb）オキ・ペルソン（スウェーデン）、ナット・ペック（米）、エリック・ファン・リエール（ベルギー）

（sax）フィル・ウッズ（米）、ジョニー・グリフィン（米）、デレク・ハンブル（英）、ズート・シムズ（米）、エディ・ロックジョウ・デイヴィス（米）、ロニー・スコット（英）、ビリー・ミッチェル（米）、トニー・コー（英）、サル・ニスティコ（イタリア）、カール・ドレボ（オーストラリア）、そして、サヒブ・シハブ（米）

（b）ジミー・ウッディ（米）、ジーン・ワーランド（英）

（Vib）デイブ・パイク（米）

（Perc）ファッツ・サディ（ベルギー）、ジョー・ハリス（米）

（ds）ケニー・クラーク（米）、ケニー・クレア（英）

（P）フランシー・ボラン。

ビッグバンド演奏のときはダブルドラムスの編成が多かった。

演奏者を紹介しても、知らない方々にはまったく知らない名前だろうし、すこし事情に通じた方々だったら、多分舌なめずりする名前である。

当方にとっては、こうした名前を列記するだけで、それぞれの名演が耳の中で木霊《こだま》して、しあわせな気持ちに包まれる。

ジャズに興味を持った経験がおありの方は理解できると思うが、はじめは、マイルス・デイビスに関心を持ち、いったん聴きはじめると「マイルスとそのお友達」系の名前を覚えていく、とか、「コルトレーンとそのお友達」系に関心を寄せる、とか、あるいは「ブルーノート系」など、レーベルなどでその知識を伸ばしていく方が多いと思う。

だが、当方は、ＣＢＢＢやヨーロッパに滞在したミュージシャンの流れなどに関心を持ちはじめたことで、一気に網をたぐるようにさまざまなミュージシャンに興味を持つことができるようになり、多少なりとも、視野が広まったように思う。

CBBB『ALL BLUES』
執筆中に聞きたくなる一枚。

ＣＢＢＢの作品には、『サックス・ノーエンド』のような、ホーンとサックスのやりとりにスリルを感じるような、いわゆる本来のビッグバンド演奏もあれば、『オールスマイルズ』のようなポピュラー音楽を中心にまとめたもの、映画音楽を中心にまとめたものもあれば、フェリーニに寄せた組曲形式のものもある。カーメン・マックレーやマーク・マーフィなどの歌伴演奏もある（カーメンの『November Girl』は絶品！）。ワルツ、アフロ、キューバン、ラテンも手がければ、後年には、ジョン・サーマンの曲の演奏も試みている。ピック・アップ・メンバーによるコンボ演奏（主にセクステットが多い）も多々ある。とりわけサヒブ・シハブのアルバムは、六五年のThe Danish Radio Jazz Groupが嚆矢《こうし》と思うが、とても意欲的な演奏で、参加の大方は当方も知らないデンマークのミュージシャンであるけれども、ニルス・ヘニング・エルステッド・ペデルセン（b）アレックス・リール（ds）などの名前が見える。澤野工房から再発売されている。

メンバーに唄わせれば、「これはもう」とまた池波正太郎氏の言葉を使ってしまうが、前記のアルバムにも、シハブが『Little French Girl』を唄えば、初期のコンボ作品ではクラークの元同僚、ミルト・ジャクソンの素数な唄も聴ける。そして「リード・ボーカル」のジミー・ウッディの唄、いやはやなんとも……。

サヒブ・シハブは後年、クラブ・ジャズの分野でも絶大な人気を得ることになる。個々の演奏が一流のミュージシャンばかりが集まっているけれど、それを束ねているのは、繰り返し言うようだが、クラークの強力なドラミングと、ボランの、ただ聴いていると、とても単純な演奏のように思えるのだが、とてもソフィスティケートされ、ふわっとした作編曲そして演奏である。

当方には、子どもがサーカスの素敵な世界に入り込んでいくような、わくわくしたしあわせな気持ちが押し寄せてくる。

ひとつのアルバムごとに、おもちゃ箱をひっくり返したような音が流れ出てくるのである。

これに似たような興奮を抱いたのは、フェリーニの作品に触れたとき、そして、ビートルズの『サージェント・ペパーズ・ロンリー・ハーツ・クラブ・バンド』を文字通り発売日にレコード屋に駆け込んで、大事に家に持ち帰り針をおとしたとき、だったと思う。

当方、残念なことにＣＢＢＢの全盛時代の演奏には接する機会はなかった。

たまたま、当方が勤め人から自営業に転身した頃、ＣＢＢＢの音源がＣＤなどにまとめて re-issue され、店頭に置かれはじめた。そして、はじめてその魅力に気がついた。

場末の古本屋のおやじのようなひまな営業時間中にたまった鬱積をはらすように、休日、夕方などに、街のレコード店（大体が表通りに面したところに開いている店はなく、古い雑居ビルの隅のほうに立てつけの悪いドアを伴った店が多かった）に入り、「エサ箱」の中に無造作に積まれたＬＰやＣＤを超人的な指のさばきで狙った品を仕留めていくことだけが、当時の気休めであったといっても過言ではない。

こんな素晴らしい音の世界に気づいた当方、ここでも、「遅れてきた中年」であった。

付記

「しあわせな気持ち」と書いたが、医療などで使われる「多幸感」とは異なるものであることを、おことわりする。

## 渡り鳥いつ帰る

たまたま神保町を流していたら、神保町シアターで、『女たちの街』という題材のシリーズが本日から始まったことに気づいた。ほんに犬も歩けば、棒にあたる、の心境である。師匠（永井荷風）の原作のものが三本、そのほかにも川島雄三、五社英雄監督作品などが目白押しである。みんな観たいけど、それが可能なのは、「サンデー毎日」の立場の方々だけであろう。

その翌日、なんとか時間を捻出して、『渡り鳥いつ帰る』の上映に間にあった。そして、「観た！」「感動した！」（当方の表現方法も、早くも壁につきあたっているようだ）。以前からこの映画の存在は知ってはいたが、どうせお手軽で薄っぺらい作品だろうという思いこみしか持っていなかったのであるが、師匠が昭和二十七年文化勲章を受章したことをきっかけに、久松静児監督と、久保田万太郎氏らが、かなり入念に企画してできた作品のようである。

折も折、『二人艶歌師』『渡り鳥いつ帰る』などの創作ノートが発見され、多田蔵人氏がそのノートに関する報告を発表したばかりであり、当方としては、まさかのタイミングでの映画鑑賞となった。だが、一度観たこの映画を次に拝見できるのはいつになるかわからない。そうでなくとも、当方の記銘力、記憶力は、落日のごとく落ちている昨今である。自分の記憶と整理のために書きとめておきたい。

そして、この映画に対する資料を急いで探してみたが、そう簡単に見つけられるものではなかった。そこで、「エイガといえば、カワモト！」、川本三郎氏の『老いの荷風』に所収の書を参考にしながら「備忘」を一番の目的に書きとめた。細かなミスはあると思うが、お気づきの点はご教示をお願いしたい。

舞台となっているのは、戦後「向嶋」に作られた私娼街、鳩の町。置屋「ふじむら」の主人夫婦は森繁久弥と田中絹代。森繁氏の芸の遍歴までは当方承知していないが、女好きなのに気が弱い、という、社長シリーズなどでお馴染みのキャラクターは、すでに確立していたようである。

その置屋で働いている①久慈あさみ、②桂木洋子、③淡路恵子、そして北海道から仕事を求めて店に入った④高峰秀子、そして、以前ここで働いていて、辞めた設定なのが⑤岡田茉莉子。田中絹代は、組合の寄り合いで、「(店の子は)期限が来るまで、一度入ったら抜けられなかったのに、近頃は、やめるといったら、いつでも抜けられる、いい時代ねえ」などと雑談をしている。

この映画は川本氏の教示によると、荷風の戦後の作品、『にぎり飯』(当方未読)、『春情鳩の町』(当方未読)、『渡り鳥いつかへる』の三作品をひとつに、まとめあげたもののこと。最近、『二人艶歌師』の草稿が発見され、内容は戯曲の『渡り鳥いつかへる』と、同様の内容を含んでいる。さらに、久保田万太郎構成の戯曲『葛飾土産』(昭和八年)にも同じ内容、構成が確認できるとのこと(多田蔵人氏)。

戦後、鳩の町は、昭和二十年三月十日の東京大空襲で玉の井が焼失したあと(言うまでもなく、偏奇館も同日焼失した)、業者が新しく開いた私娼街である。いわば、

郵便はがき

料金受取人払郵便

新宿局承認

1409

差出有効期間
2021年6月
30日まで
(切手不要)

1 6 0-8 7 9 1

1 4 1

東京都新宿区新宿1－10－1

**(株)文芸社**

愛読者カード係 行

| | | | |
|---|---|---|---|
| お名前《ふりがな》 | | 明治 大正 昭和 平成 年生 歳 | |
| ご住所《ふりがな》 | □□□-□□□□ | 性別 男・女 | |
| お電話番号 | (書籍ご注文の際に必要です) | ご職業 | |
| E-mail | | | |
| ご購読雑誌(複数可) | | ご購読新聞 新聞 | |

最近読んでおもしろかった本や今後、とりあげてほしいテーマをお教えください。

ご自分の研究成果や経験、お考え等を出版してみたいというお気持ちはありますか。

ある　　ない　　内容・テーマ(　　　　)

現在完成した作品をお持ちですか。

ある　　ない　　ジャンル・原稿量(　　　　)

| 書　名 | | | | |
|---|---|---|---|---|
| お買上<br>書　店 | 都道<br>府県 | 市区<br>郡 | 書店名 | 書店 |
| | | | ご購入日 | 年　　月　　日 |

本書をどこでお知りになりましたか?

1.書店店頭　2.知人にすすめられて　3.インターネット(サイト名　　　　　　)

4.DMハガキ　5.広告、記事を見て(新聞、雑誌名　　　　　　)

上の質問に関連して、ご購入の決め手となったのは?

1.タイトル　2.著者　3.内容　4.カバーデザイン　5.帯

その他ご自由にお書きください。

(　　　　　　)

本書についてのご意見、ご感想をお聞かせください。

①内容について

②カバー、タイトル、帯について

弊社Webサイトからもご意見、ご感想をお寄せいただけます。

ご協力ありがとうございました。

※お寄せいただいたご意見、ご感想は新聞広告等で匿名にて使わせていただくことがあります。

※お客様の個人情報は、小社からの連絡のみに使用します。社外に提供することは一切ありません。

■書籍のご注文は、お近くの書店または、ブックサービス(0120-29-9625)、セブンネットショッピング(http://7net.omni7.jp/)にお申し込み下さい。

「戦後の玉の井（川本三郎氏）」。

私娼、久慈あさみ（以下S－1）には、病弱の母親と小さい娘がおり、仕事から抜けられない立場であった（映画中「淋検」の施設の画面なども出てくる）。だが、体調を崩し、養生のために、母親と娘のいる実家（と、いうか、あばら屋）に店を休んで戻る。体調が回復した頃、娘がトラックにひき逃げされ、生活費と治療費を得るために店に戻らざるを得なくなる。

私娼、桂木洋子（以下S－2）には惚れた男（ヤクザ）がいて、その男と所帯を持つことを夢みながら、客をとって収入を得ている。だが、男は追われていて、北海道へ逃走をはかる。その際、男は、S－2の元同僚の岡田茉莉子（S－5）のアパートを探し出し、S－5にS－2あての手紙とまとまった金を預ける。

置屋を抜けたあと、S－5は、知りあった二人組の艶歌師のアパートに同居し、流しの女性艶歌師になるべく修業中である。S－5と二人艶歌師とは、戯曲や映画では仕事もないことになっているが、草稿では、同居したその日に二人と関係をもったという筋立てだったようである。

S－5は、置屋のS－2のもとへ行き、大金のことは一切触れずに手紙だけを置いてくる。手紙を読んだS－2は男に裏切られたと感じ絶望的になり、自殺を思い立つ。一方、S－5はせしめた大金を、二人艶歌師の体調を崩した兄貴分の人間に、里に帰って、養生のために使ってくれと渡す。

淡路恵子（S－3）、設定では二十二歳、ドライに仕事をしているようにみえても、春を売る嫌悪感で、仕事が終わるごとに風呂場で身体を清める。S－3の客で、時計屋の職人は所帯をもとうと、そのたびに声をかけるが、無視をする。

S－3は置屋の亭主、森繁に色目を使い、田中を捨てて一緒に逃げようと持ちかけ、気弱な森繁はS－3と隙を見て店から逃げ出す。

高峰秀子（S－4）は、函館から、わざわざ仕事を求めて店に入ったが、客をとる気はまったくなく、食事を要求したり、他の部屋の金目のものを盗み、店を逃げ出してしまう。アプレゲールという言葉が似合うのか？

森繁は、逃げた宿でS－3と関係をもとうとするが、拒否される。S－3は風呂場から淀んだ水を森繁の顔面と服にひっかける。

一方、森繁には、実は娘を作った妻（水戸光子）がいた。妻は森繁の不甲斐なさに家出し、空襲で焼け出され家族を失った男と出会い、一緒になり、二人でおでん屋を開き生計を立てる。おなかには二人の子もさずかり、妻と男は、森繁のもとに離婚の印を押してくれと頼みに行くが、森繁は拒否し続けていた。

だが、Ｓ－３にだまされたあと、森繁はおでん屋へ印を渡しに訪れる。大きくなった娘に「父親だよ」といっておもちゃなどを渡そうとするが、妻と男から娘に近づくことを拒否される、そのあと、森繁は飲み屋に入り、店の客に因縁をつけ、暴れ出すが、店の外で客に殴り倒され、去っていく。

一方Ｓ－２は、Ｓ－３にふられた時計屋の職人に一緒に死のうと持ちかけ、葛西橋のたもとの土手に横になる。葛西橋は木造であった。昭和三十年当時のままであったのだろうか。Ｓ－２は職人と服毒するが、職人はためらって土手を離れ葛西橋の中ほどの方向へ歩き出す。

橋の向こう側から、泥酔の森繁が現れ、あぶない動作ながら、橋から飛び込む。それを見た職人は、あわててその場から逃走する。

翌朝、警察官が、置屋のおかみの田中のもとを訪ね、森繁とS－2が心中したようだと報告する。まさかの二人の組みあわせに、田中も周囲にいた者も驚く。田中は当然心を乱すが、店の奥の仏壇へ向かい、正座して「南無妙法蓮華経、南無妙法蓮華経」と祈り出し、やがて冷静さをとりもどす。

いくつかの物語を、つなげて進めるのをチェーン・ストーリーというのだそうだが、久松・久保田らは、よくまとめ、ひとつの作品として結実させたものと思う。

荷風の戦後の小説に対する評価は、一般的に低いのだけれども、衰えたのではなく、直接な表現では表し得ないものを断片にして、再構築して表現の精度を高める努力を死の直前まで重ねていったのであれば、当方はもっともっと自分の勉強の対象として、読み直さなければならないのかもしれない。

それはそれとして、出演の女優たちは、みな、きれいで輝いていた。これも当方の貧しい先入観を修正するのによい機会だった。

映画を観た数日後、現在の葛西橋の確認に行った。東西線の最寄り駅から外に出てみても、不案内な当方、右、左がわからない。とにかく「川」を目ざして移動する。大規模高層マンションや商業施設が建ち並ぶ。模索しながら葛西橋のたもとに至る。現在防潮堤の嵩上げの大規模な工事中。映画の中の土手の光景や対岸の遠望がまるで幻影のように思えた。

帰路、暗くなった葛西を広い通りに沿ってひょこひょこ歩く。気がついたら、「本八幡」のバス停が目の前。バスに乗り、東陽町へ至る。

さらに日を置いて、豊田四郎監督の『濹東綺譚』を観た。

タイトルバックに現れる当時の墨田川は、梅雨の頃なのであろうが空は重く、水面は濁って流れが速く、これから始まる映画の内容を予兆させるものだったのかもしれない。

「お雪」は、山本富士子。

「わたくし」＝大江という語り部と、「種田」という学校教師。「わたくし」は種田という人物を主人公にすえた「失踪」という物語を書きすすめつつある。

私＝「大江」＝荷風本人、という解釈があたっているか否かは、以前から、論議が続いていて、荷風の同時代の佐藤春夫が、早くから、「形影相弔型《けいえいそうちょう》」という荷風の創作法を指摘していたりされている。

これに対して、あれこれ意見を述べるほどの力は当方にはない（なにせ、いまだ「修学」中の身の上である）。

映画を初見して、気がついたことのみ記したい。

画中のおでん屋で、「大江」と「種田」が、同席する場面がある。これは当方にはまったく想像もしていなかった展開で、なにしろ「大江」が荷風そっくりなのである。

「お雪」の母親が行徳におり、大病で、お雪は薬代を稼ぐために、玉の井に入ったという設定である。お雪が、たまったお金を「おじさん」に託し、母親の元に届けるように願うが、このおじさんは、その金を自分の遊行に使ってしまう。お雪が、なんとか見舞いにかけつけたところ、ちょうど母親の葬式で、母親は小舟に乗せられ、葬送されるところで周囲が冷たい目でお雪を見つめる、という情景にも興味を覚えた。

あとで、小門勝二《おかどかつじ》氏の『濹東綺譚の物語』を読んでみたのだが（当方未読のままであったのだ）、荷風自身はお雪のモデルになった人物像と、主演女優とのイメージは異なっていると話していた、とのこと。それは、なんとか理解できる。だって、場末の湿地の泥溝に舞い降りた清楚な鶴のイメージが、あまりに強すぎるのだもの。といって山本富士子主演でないと、多分興行収入にも大きく影響されるだろうという製作者の目論見も影響していたのだろうけれど。

荷風自身は、玉の井を訪れる気になったのは、自分のよく知っている女が、あそこにいないかと探そうという動機だったようである。その女というのは、『断腸亭日乗』では有名な「黒沢きみ」だとのこと。

小門氏の説明では、荷風は昭和十一年三月、「沈下花のかおりがむせるような雨あ

『赤線玉の井 ぬけられます』
BD発売中／￥4,200（税別）／発売：日活／販売：ハピネット／©1974 日活

がりの夜」「きみが私の来るのを待っている」という夢をみた、という。

この年は、二・二六事件が起こり、五月十三日には阿部定事件が起きている。なんとも生臭く、深く世相の落ち込む時代だったようである。

荷風本人の話では、必ずしも「場末に花咲く魔性の女」というイメージを持っていたわけではないが、玉の井を回っていて、実は「お雪」のモデルとなる女を見つけているらしい。こう、記している。

「予想を裏切って、大変な御面相だったが、うしろ向きだと湯上りの髪、着物の着こなしなど、あつらえ向きの姿形になった。それは芸者でもない、お女郎といったタイプでもない、また料理屋の女中とも違った、やっぱりここの女らしさを、ズバリと見せてくれたからなのだ」と。

古い表現だと、「バック・シャン」にあたるようだ。着物着用の際には、立ち居振る舞いの技量が、求められるのだよ。

荷風は、その女を、かなりたくさん写真にとって取材したようである。そしてその女の写真が、「私家版濹東綺譚」の巻頭を飾っているのだと。

当方もぜひとも一度見てみたい。私家版をお持ちの方は、お金払いますから、一度見せてください。

ということで、何より素晴らしいのは荷風の着眼力であり、創造力なのである。また妙な方向に進んでしまって、おさまりがつかないが、修学旅行中、修学旅行中、お許しを願う。

追記

ゲラの段階に入って魔の教えか？（あるいは八百万の神の導きか）たまたま江東区が出版している、「史跡をたずねて」という冊子に目が止まった。

その中に「東京最長の橋　旧葛西橋」という項があった。なんと大正12年に完成した荒川放水路により江東区と江戸川区が大きく遮断され、両者に架ける橋として昭和3年に木橋が完成した。

当方の見た葛西橋の上流約３００ｍにこの橋（森繁氏が投身した設定の橋）はあったのだと。挫けるな、修学旅行生！

付記

本文中のシリーズのパンフレット絵を使用するのが困難なため、そのかわりに師匠の作品『濹東綺譚』がその後の世代に多様な影響を与えた一面として96ページの写真を掲載した。この映画は清水一行の原作による。

# 「東京マラソン」を歩く（一部走る）

この一、二か月の間に、びっくりするような知らせが届いた。当方の極小企業に、毎日のように顔を出している業者氏、当方にとって「隣のけんちゃん」的存在の彼が、「先生、次の東京マラソンに出場できることが決まりました」と。

ほどなく、ときどき顔をみせるＭＲ氏も「私も来年の東京マラソンに出られることになりました」と。さらに当方の会社の近くには、トライアスロンをするため仕事されておられる方（同業です）もいるのだが、この方も出場するという。さらにさらに、ほんとに驚くべき報告も受けたのだが、これは、別のところに記す。

東京マラソンなんて、倍率も高く、参加すること自体困難なマラソンと聞き及んでいたので、へえ〜そんなに身近な行事なのかと、初認識するに至った。よく勉強会などでも、演者がさりげなく「何年も出ていまして、前回は三時間台でなんとか走れました」と吹聴する輩《やから》（いや、大先生）がいて、「けっ！　いい生活をお送りですねえ。

学会の評議員の選挙があっても、入れてやらないぞ」と、うそぶいてみても、よく考えたら、その講師の所属している学会には、当方入っていない、と口惜しい思いをしたこともあった。

そんな話を聞いて急に身近になったマラソンの、四二・一九五キロメートルという距離が実際どれほどのものなのか、体感してみたいと思うようになった。

以前にパスポート（スタンプを、押されることなく有効期限が切れそうである）をとりに行って以来、まったく足を向けたことのなかった都庁へ行って、なんとか今年度の東京マラソンの、折り畳み式コース案内の最後の一部を分けてもらう。

コースを巡るにあたって決めたことは、もちろん無理はしない。当方とて、その日ぐらしの派遣労働者と、仕事の条件は似たようなもの。体調を崩しても誰も助けてくれない。

記録は大雑把に書きとめておく。何も命がけでするほどの作業ではない。信号があったら止まらなければならない。お手洗いに招かれることもあるだろうし、飲み食いも可。だからといって、店ののれんを分け入って、どかんと丸椅子に座り「おばちゃん、さばみそ定とやっこね！」とオーダーしたりする振る舞いには及ばないようにする。基本的に、立位の姿勢を保つ。この程度の規律を守ることと、する。

**新宿—日本橋（一日目）**

九時〇五分　都庁前。大ガードのところに若い人の集団が、ピンクの袋にゴミを集めている光景を眺める。馳星周の『不夜城』の舞台を左手に見ながら小走り。左前に「姫」の入った建物が健在なのを確認。そこに入ったことはないがアラーキーの思いにも似た極私的な思い出がある。別のところで記す。

番衆町のところにも、厚生年金ホールがなくなり、ぽっくり巨大な空間が残されている。

九時三〇分　富久町交差点。もう足がもつれはじめる。さらに防衛省。ちょうど出勤の時間帯なのか、普通の会社のように門に人が吸いこまれていく。関係団体の集まりに、参加する人たちもいるようだ。しかし尾張徳川家というのも、こんな広い敷地を持ち絶大な力を持っていたのだね。

一〇時〇〇分　新見附前。法政大学もお高くなってしまった。
一〇時一〇分　飯田橋。外堀におしゃれなカフェがあるのを知る。よく雑誌の取材などを受けている店かしらん。
一〇時二〇分　目白通りを経由しながら九段下へ。そこから靖国通り。神保町の三省堂のそばに、「鯖黒煮」なる看板を出す店あり。好奇心が芽生えてきたが今日は入ってはならない。使命を全うするのだ。
一〇時四五分　須田町交差点右折。室町。信号機の間隔が狭まり、そのたびに赤信号で休むのだが、これが足がへろへろになってきた当方には、ちょうどよい休息の時間となる。
一一時〇〇分　日本橋北詰。
一一時〇五分　コレド日本橋。これ以上とても続かない。
考えた。一度に制覇しようとせず、何日かに分けて挑戦しようと。

## 日本橋—門前仲町（二日目）

八時一〇分　コレド日本橋から永代通り、すこし進んだ先に「成城石井」を見つける。

八時一五分　新大橋通り。銀杏《いちょう》八幡宮《はちまんぐう》なる素敵なネーミングのところを通過。水天宮のところを通過。「常《とこ》とん」なる店あり。ネーミングが気に入る。清洲橋通りの交差点にも「成城石井」あり。

当方、決して「成城石井」に敵意をもっているのではない。だが、当方の旅の起点が「成城石井」のことが多く、こちらとしては、ささやかな「非日常」を味わうつもりでも、オシャカ様の手のひらのうちで、もてあそばれているような気分になるのだ。

そして新大橋……え？　しまった、道を間違えた。みろ、ろくなことがない。五分以上時間を損した。明治座、久松町交差点、東日本橋。

八時四三分　清洲橋。

八時四五分　浅草見附。この見附のあることは今回はじめて知った。勉強になった。

神田川を越えたあたりから、突如、路上前方にキテレツな衣装に身を包んだ十数人のジョギング集団が現れる。なんだあれ？　と確かめようと試みたが、集団の足どりが速く、みるみる間に差をつけられていく（あとで冷静に考えると、当方がのろかったのかもしれない）。いったい何なのだ？　ムカシ、「踊る宗教」があったらしいから、あれは新たな「走る宗教」の一団なのか？

八時五〇分　蔵前一丁目交差点。その先に、今日はシャッターが下りていたが、「御蔵前書店」というレトロな店構えを見つける。日をあらためて再訪してみたい。

九時〇五分「どぜう」店の前で、「をやぢ」が開店準備中。

九時〇八分　雷門前。正直、もう足がへろへろになっている。道を戻って「厩橋」。「ヘブライ語の教室」なんてあるんですね。「筑摩書房」が、こんなところにあるのを見つけた。

九時二五分　蔵前橋。川を渡った右側に同愛記念病院。残念ながら今まで業務上のお付き合いはなかった。河畔は、穏やかな風景をみせているが大空襲のときには、川面に幾層もの死者が浮いていたという。関東大震災のときにも惨憺たる状態だったという。

九時四〇分　また突然、今度は後方から蔵前橋の集団が出現。あっという間に当方を追い越して、前方へと走り去る。ほんの短い時間確認できたのだが、トナカイの帽子だとかサンタの衣装を身に着けていた。わけがわからない。

九時五〇分　森下。そういえば最後に「山利喜《やまりき》」に入ったのも、もうかなり前になる。

九時五五分　清澄庭園のバス停前に、基本は二階建て、一部三階建てに改築した商店長屋を見つける。全部で二十軒以上。知識がないので恥をかきそうだが、江戸川乱歩の小説に出てきそうな家並みである。そして商店長屋の端をブックエンドのように交番が鎮座している。興味が湧く。仙台堀川、海辺橋を通過。

一〇時〇五分　門前仲町の交差点。商店街のアーケードに目をやると、なんと先ほどの変装ランニング集団が、信号の前の舗道で、戦意もなく、休んでいるではないか！　よく見ると十代から七十代（だろう）の女子まで十数人（多分）、家族で走っていたのだろうか。

当方、あわてて消えかけた心のエンジンをかけ直し、その集団の横を走り抜ける。

一〇時一五分　富岡八幡宮に到着す。

説明しよう。ノロマな亀が、うかれて休んでいた、トナカイ集団を追い抜いたのだ。ノロくても、努力を怠らなかった当方が、この異装集団との競走に勝利したのである（この際、相手側が競走しようという意志をもっていたかどうかの確認はしない）。

この気力こそ、「モンナカの奇跡」と呼ばれ、後世に伝えられるべきものではないだろうか。

当方、賽銭などは気前のいいほうなのだが、すこし前の宮司の殺害事件を思い出し、今日は八幡宮への賽銭は控える。

**門前仲町―数寄屋橋（三日目）**

一〇時四〇分　門前仲町。濹東の風は、とびっきり冷たい。はじめ素手で路上に出たら、手指がこわばり、関節がおちょこになりそうになった（適切な医学的表現が思いあたらず申し訳ない）。

前回の復路に戻り、海岸橋、森下交差点。スカイツリーが濹東の王様のような偉容を誇っている。森下の交差点でコースをそれ、森下二丁目の長慶寺を探す。交差点からほんのすこし入ったすぐのところに長慶寺を見つける。同じところに「深川小学校」が設置された地である、という碑も残されていた。

この寺裏の長屋に、荷風の親友の井上唖々が隠れるように住んでいた。

コースに戻り、あとはひた歩き（一部走る）。両国、慰霊塔を左折、再び蔵前橋を渡る。

一一時四五分　日本橋。さらに日本橋通り。銀座。

一二時四五分　数寄屋橋。地下に入り、寒さと疲れで靴ひもをはずせず靴を履いたまま、ジャージのズボンに足を通す。

有楽町ガード近くの「慶楽」で食事をしようと思ったが、店は閉まっていた。吉行淳之介や開高健がよく利用していた店だったのだが、この一帯も気がつかないうちに代がわりしていっているのだろうか。

## 数寄屋橋―品川―皇居前（越年して四日目）

一四時三〇分　日比谷通りを走る。この通りを走るのはなんとも晴れがましい気分である。どちらかというと人生の落伍者の当方でも正月、この道を走れるのだ。ちゃんと税金も言われるがままに何の不平も言わず納めていてよかった。八百万《やおよろず》の神に感謝する。

一四時四五分　田村右京大夫邸跡。忠臣蔵がなければ、後世の人は、どれだけこの名を知っていたことか。ジンセーのめぐりあわせってヤツは不思議なものである。

一四時五〇分　御成門交差点

一四時五五分　増上寺前、賑わっている。

一五時〇五分　第一京浜、西郷・勝会見の地跡。

一五時一七分　高輪大木戸

さあ、これまでの思いを込め、周囲の皆様への感謝を込め、走り抜くのだ（何やら箱根駅伝の実況中継風になってくるのがミョーである）。

一五時二〇分　高輪二丁目交差点をターン。あれ、ここでいいのだろうか？　心配になり、先の高輪の歩道橋のところまで往復する。

一五時五八分　増上寺前。賑わっている。

一六時一五分　内幸町交差点

一六時二五分　お堀と並走する。右側の白い建物の家から、サングラスにコーンパイプの人物が応援してくれている（当方の脳内イメージ）。顎が上がり、へっぴり腰の度も増している。

一六時三〇分　I did it!

近くのベンチでは、住所不定っぽいおぢさんが、当方が座り込むのを無表情に迎えてくれた。

蒼い月が煌々と輝いていた。

**エピローグ**

翌朝、テレビをつける。日比谷通りを幾重にもなった観衆が声援をする中、選手たちは驚くほどのスピードで日比谷通りを走り抜けていった。

さぁ、これからどうするか？　再び挑戦するか？　すこし考える時間が必要だ。

だが、移動するだけなら、やはりリムジンのうしろ側に座ってシャンペンのグラスを傾けていたほうが楽である。

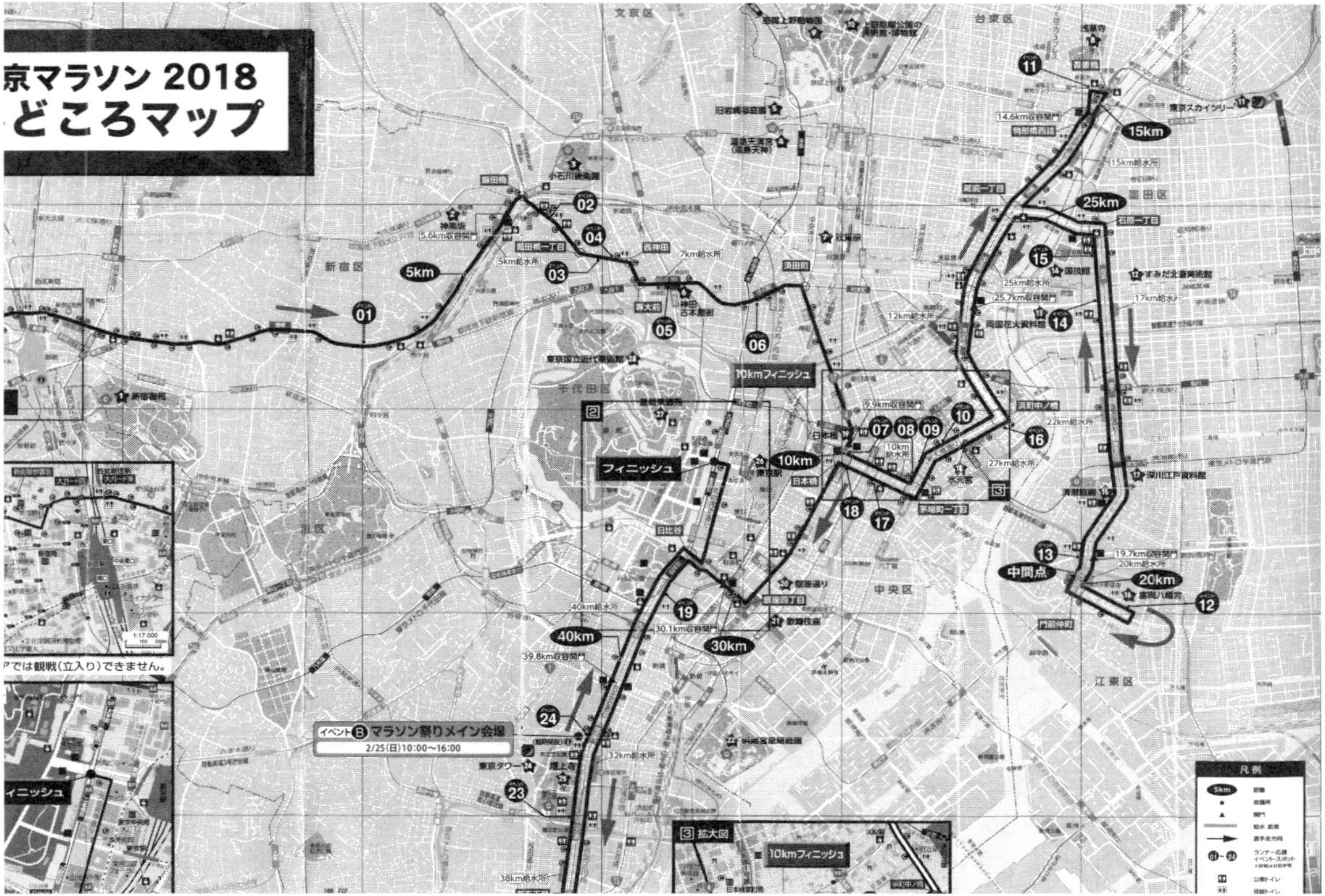


十キロごとのマークがついて、わかりやすい地図。

## The another side story of Tokyo marathon course

前に述べた、身近な人間が東京マラソンに参加する、といった報のあとに、さらに大きな衝撃が当方を襲った。

当方が修業していた医局の、すこし後輩の先生と酒食を共にする機会があった。その先生はさすがにアラカン世代に入ってきたが、ランニングを始めて十二年、なんとフルマラソン三十三回、ウルトラマラソン（一〇〇キロ）十六回、山岳マラソン四十二回出走し、先日は、当方その名前も初耳だったのだが、ウルトラ・トレイル・マウント・フジ（よーするに、富士山の周辺、一〇〇マイルを走る）にも参加されたとのことである。

ひとことで感想を言えば、クレージーである。ただし、誤解を受けないように述べておくが、たとえば「悪」という言葉の表現として「越後屋、ぬしも、あくよのう〜。ふおっふおっふおっ」という、時代劇で慣用される意味合いの表現もあるが「悪源太《あくげんた》義平《よしひら》」という使われ方もある。この場合の「悪」は「marvelous」という意味合いであろう。もちろん、当方、後者の意味合いで表現している。

しかし、万が一のことがあった場合、残された家族や愛人や「患者様」のことを考えたことがあるのだろうか？　まだ思考面で未熟な面も見受けられる。

それはそれとして、その先生の話に強く刺激を受けた。当方とて認定スポーツ医である（関係ないか……）。

都内を移動する場合、みなさん大体、地下鉄、電車やバスなどを利用されておられるだろう。だが、この四二・一九五キロという距離を日常生活で体感されておられる方は、ごく少ないと推察する。まだ介護評価「自立」のうちに、一度経験してみたかった。それに、コースのそれぞれの地域に「スポット」として訪れることは珍しくないにしても、あまり有機的なつながりを感じたこともないし、「狭い東京、そんなに急いでどこへ行く」といっても、まだ未踏の地も多い。人間の活動できる時間には限りがある。

今日の体験の感想は「極私的」なものであるが、そんな体験も、積もれば、浮かびあがってくるある事実や真実が見えてくることもあるかもしれない。

## 新宿―日本橋

靖国通り、歌舞伎町には、当方にとってもいろいろな思い出が埋めこまれている。馳星周の小説の舞台としての印象も強い。花園神社も状況劇場の思い出も残る。三光町のサウナ「姫」のある建物。もちろん入ったことはないのだが、この前を通ると当方、脊椎ガエルのように、「姫」―「克美しげる元服役囚」―「桑田次郎」―「エイトマン」そして、先に述べた先生と同年代の別の先生のことを思い出す。元気な人だった。彼の学問的業績というより、彼の宴会芸の「エイトマン」の見事さが忘れられないのだ。先生は五十代で急逝された。こうして記憶に残すことも供養であると思う。

厚生年金会館跡の空き地。このホールで聴いた、さまざまな演奏も忘れられない。まさに昭和、平成の歴史的遺産として、多くの方々の記憶に残っていてほしいもの。防衛省。素朴な疑問として、民間の高い建物がすぐ近くにあって支障はないのだろうか、ということが浮かんでくる。それはそれとして、やはり三島由紀夫の記憶である。当方受験生の頃のことで、それ以降あまり考えることはなかった。というより考えることを避けていたのかもしれない。

　歴史をきちっと勉強をしたことのない当方の浅はかな考えであるが、今の時点での理解はこうである。

　平安の頃から天皇（家）は、宮位を正当に与える資格を有する唯一の権威として、（だが、実際の権威自体は承久の乱以降低下していたのだろう）江戸期まで続いてきた（池亨《いけすすむ》氏）のだが、明治になり、はじめて国の憲法を策定したとき、（それに関わってきた方たちが）天皇に統帥権と統治権を定めた。だが、実際には政治的な権力からは距離を置かれていたのだが、三島は、統治者（武）、雅（文）を兼ね備えた天皇を理想に抱いていたのだと思う。昭和天皇が、敗戦後に「人間」宣言したことに失望したのではないかと思う。その理想と現実の差異に関して先日亡くなったドナルド・キーン氏は事件の起こるすこし前に、三島に「豊饒の海」とは何かと尋ねたら、「豊饒」とまったく逆のひからびた海だ、と答えたというエピソードがある。

河西秀哉氏は、次の明仁天皇は、それこそ、政治に加担するのではなく、国民皆と喜び、悲しみを分かちあう「象徴」を考え続けてこられたのだという。

先日、長谷部恭男氏の講演を聴く機会があった。興味深かったのは、たとえば「鳩」が平和の象徴として認識されているのは、人々がそう思うからだ、と氏は述べた。これからの天皇は、人々から「象徴」として認識されるための行為が常に求められていくであろうと。

ということで、コレドのところで早々に切り上げ、地下鉄を使って有楽町へ向かい、交通会館のとんかつ屋に赴く。まだ正午前なのに長い行列ができている。

この店の味も言わずもがななのだが、気持ちよいのは、カウンターの中のおにいさん、おねえさんが「いらっしゃいませ」と声をかけてくれ、会計を終えたあとは客ごとに「ありがとうございました。いってらっしゃいませ」と声をかけてくれることである。そのテンポが、とても心地よい。

そのあと地下鉄に乗り、帰宅しようとしていたら、車内で突然ケイタイの呼び出し音が鳴り、ジョギングウェアにジャンパーを引っかけたままで、施設へ向かった。

こういうときなど、ほんとにきっちりと勤務時間以外では呼ばれない仕事に就いている人間をうらやましく思う。

この想像力・創造力こそ、賞賛されるべきもの。
歌川広重「名所江戸百景＿深川洲崎十万坪」
東京国立博物館蔵
Image: TNM Image Archives

## 日本橋―門前仲町

深川。今日では、スカイツリーの展望台からの景色を、幼児から高齢者まで気軽に楽しめるようになったようである。だが我らが広重の「深川洲崎十万坪」の鳥観図のあの大胆な構図を先達の業績として、もっと世界に誇りに思っていい。考えてみると、北斎、広重の画の記憶が頭のどこかに残っていて、それを確かめるために走っている（歩いている）ような気がする。そしてこの地は、安政の大津波で一帯が水没し、大正の関東大震災で被災し、昭和の大空襲で被爆した。大災害、戦争に蹂躙された地ということも忘れないでおいたほうがよいと思う。

前に神社に賽銭を入れなかったと記したが、なぜかそのあとから、当方の身に次から次、トラブルが発生している。バチがあたったのだろうか？　先の八幡宮で厄払い、願ったほうがいいのだろうか、と、弱気になってきた。

## 門前仲町—日比谷

今回、ぜひとも確認しておきたかったひとつが、森下の長慶寺である。探してみると、意外にすぐその寺が確認できた。

先日観た映画の『濹東綺譚』の中に、「溝」の蚊を避けるために蚊帳を吊っている場面のあることを思い出したが、『濹東綺譚』の本文中に、これはお雪が住む家の茶の間に或夜蚊帳が吊ってあったのを見て、ふと思い出した旧作の句である。半ばは亡友（井上）唖々君が深川長慶寺裏の長屋に親の許さぬ恋人と隠れ住んでいたのを、その折々訪ねて行った時よんだもので、明治四十三四年ごろであったろう。

今現在からさかのぼってみたら、いつのことだってムカシはムカシで大差はないと思いがちである。でも唖々氏の長屋住まいが明治四十三年（一九一〇年）として、綺譚の脱稿が昭和十一年（一九三六年）と仮定しても、その間に二十有余年の年月は過ぎているのである。

現代日本史の勉強すらもおろそかにしている当方であるが、この間にだって、

大正十二年　関東大震災
昭和七年　五・一五事件
昭和八年　日本、国際連盟脱退
昭和十一年　二・二六事件

などが発生している。

「蚊帳」ということばが記述されたふたつの時の間にだって、歴史の記憶から忘れてはいけない事件は起こっているのである。

ほぼ四二・一九五キロを歩いた。東京は狭いというが、自分の力だけで移動する身には狭くはない。それぞれのマラソンコースを完走された方々というのは、ほんとに立派である。当方は四日に分けて走っただけでも数日間は膝のきしみが残った。

冒頭に紹介した友人の偉業にも素直に敬意を表する。

「クレージー」に幸あれ！

現在の長慶寺界隈

## そして白河

院政期に興味を持った。

当方の知識というのは、高校時代に授業でさらっと流し覚えた程度である。だが、そこはそれ、修学旅行中、実際現場を見て、地理やそれぞれの位置関係などを体感して頭の整理をしないことには次に進めない。遅れてきた年金受給者である。だが、それがどうした。

ことの始まりは、それまでの藤原の摂関家を外戚とする政治体制によって維持されてきた王位が後三条天皇の即位後、直系の家族の継承により、後三条―白河―堀河―鳥羽と権力の維持がなされてきた。一時期、白河天皇の外戚となった、藤原師実《もろざね》―師《もろ》通《みち》親子が摂関として再び政治の実権を握るかに見えたが、師通は三十八歳で死去。堀河天皇も死去。

白河院が政治の実権を掌握、「治元の君」として三歳の孫、鳥羽天皇を即位させた。

「京都御所」というと、常にその中に巨大な宮殿があり、その中で執政がとりおこなわれていたように考えがちであるが、実は上皇の住む、「院の御所」は市中の各所にあり、そこで摂関家を遠ざけ、下位の貴族を「院近臣」として登用する。鳥羽離宮自体、鳥羽天皇への譲位前にすでに造営が始められていた。律令国家では原則として土地の私有は認められていなかったが、上皇は寄進された荘園を、自らが建てさせた寺の領として実質的に所有し（もちろん上皇自身が出費しているのではない。受領たちに請け負わせその見返りとして位階を進められたり、国守に任せられたりした）、ここでも摂関家をはるかに超える経済力を持つに至る。そしてその権力の継承は先に述べたように、直系家族による（能力ではなく）血の継承としてこの時期に確立された。皇位のみでなく、政治、経済、宗教すべて上皇のもとに集め寄せられた。

鴨川の左岸、白河の地（現、岡崎）。ここを流れる白川は、上流の東山から花崗岩質の砂を運び、白い川底を今もみせてくれる。

この地に、承暦元年（一〇七七年）、白河院の御願寺として法勝寺を創設し、ここを中心に仏事が営まれた。法勝寺は、塔、金堂、講堂、薬師堂が一直線に並び、ほぼ四天王寺式の伽藍配置の古代寺の要素と、大きな池と阿弥陀を有する浄土教的な寺院要素も混在していたとのこと。

それだけではおさまらず、国王の氏寺として、尊勝寺（堀河天皇）、最勝寺（鳥羽院）、円勝寺（待賢門院）、成勝寺（崇徳天皇）、延勝寺（近衛天皇）と、いわゆる六勝寺を次々と建立。そのほかにも、いくつもの寺院が甍を並べ、三十三間堂を上回る宝物殿も二棟あったという。結果として白河地区の都市開発としての拠点になったわけでもある。

さて、ここで問題です。このロイヤルファミリーの氏寺、六勝寺の中に、ある高名な人物の名前が出てこないのですが、それはどなたでしょう?

名にし負う、八角九重の塔は、永保三年（一〇八三年）完成、供養されたが、その高さは八十メートル強で、わかりやすく言えば、後年造設された東寺の五重塔よりは高く、現在の京都タワーよりは低い。あの時代に、である。

つまりは、鴨川左岸に計画的に造設された新都心であり、「白河院の思いにかなわぬものは、①賀茂川の水（現在の鴨川よりもっと上流域からをさすようだ）、②山法師（延暦寺の僧徒）、③双六の賽だけ」という言葉そのものの、権勢を示すものであったようである。

当方のごく個人的な感想としては、どうして人は、こうも「高い高いの神話」にひきつけられるのかと考え込んでしまう。大きい大きい、高い高い、速い速いは、無機的に人を威圧し、権力者の力を誇示する案件の三要素なのであることは、洋の東西、古今の不変の真理であろう。そして、それを維持する強力な武力と経済力を確保し続ければ、世界の治天の君となれると、さらにとどまることのない夢を抱き続けていくことになる。まるで不老不死が現実に得られるとでも考えているかのように。

というわけで、右、左もわからないのにバスで「みやこめっせ」前で下車。この中に六勝寺周辺の縮小再現モデルが置いてあると聞いて、とっかかりとしてそれを見てみようと考えたのだが、館内の方に聞いたら、それは今は、京都アスニーという（中央図書館の併設施設か）に移動したとのこと（このモデルは後ほど確認した）。

みやこめっせの建物外に出る。たしかに野球場や平安神宮もある広い土地である。どこがどこやらオリエンテーションがつかず、美術館のバス停の植えこみのところをきょろきょろのぞいていたら、見逃しそうな小さい石碑を見つけた。

当方の不審な動作に興味を抱いたのだろう、銀髪のご婦人が「何かお探しですか？」と笑顔で尋ねてくださる（人間、笑顔で接してもらえるのが一番うれしいのだよ）。

「実は、カントーのほうから来た一見の者ですが、円勝寺が、どの辺にあったのか調べているところです」と答えると、「ちょうどその石碑が円勝寺の跡です。今は美術館の敷地になっているようです」と教えてくださった。それから山側のほうを指さし、「この先の駐車場が見えるでしょう？　あの辺が、法勝寺の金堂のあったところです」と教えてくださった。

その説明の言葉で、周辺が、突然、白河院政期のバブルの栄華に包まれていた頃の甍の沼の連なる建物群と、都の外からも見える高い塔の織りなす新都心の光景となって目に浮かんできた。法勝寺の頃の池の一部を残している建物も確認できた。あとで調べたら、現在の動物園の中に、八角九重の塔の跡地がきちんと確認されているとのこと。動物園にまで入る気持ちの余裕は、そのときはなかった。次の機会に確認したい。

あのやさしいご婦人の物腰は教養にあふれていて、当方の行動に希望と確信を与えてくださった。あの方はあの頃の王家の血を連綿とこの地で受け継いでおられるやんごとなきお方であったにきまっている（突如断言してしまう）。

わが、スーパーヒロイン、円勝寺を請願寺とする待賢門院璋子についても、すこしまとめてみたいが、次の機会にしたい。

奥のほうに法勝寺金堂があったという。

円勝寺跡を示す石碑

## そして鳥羽

やっとささやかな修学旅行が遂行できるようになって、それまでの当方の偏狭な視界は大きく開け、めくるめく中世の世界にひきこまれていった。

後三条が天皇に就いて以来、院政期では、王権を父系と母系の双方が支え政治をおこなう摂関政治の体制が押しやられ、父院が、専制的に権力を行使し、単独で後継者を決定するようになった（美川圭）。期をほぼ同じくして、それまでの、受領などの私的大土地所有者が持っていた、土地の支配権、徴税権が国の行政、財政制度に組みこまれ、院や院の近臣などが、在地領主などと協調しながら荘園を維持、管理するようになったという。

「治天の君」たる院に、強大な権力が集中していった。何度も引用して能がないが『平家物語』に出てくる有名なくだり、白河院の意のままにならないのは、天下にわずかみっつ。つまり①賀茂川の水、②強訴を繰り返す比叡山の悪党、③サイコロの目だけであったという。でもこれも意地の悪い目でみると現在に至る不変の問題で、一党独裁でも地震、洪水などの自然災害、ガイアツ、そしてギャンブルで利を得ようとする勢力と、解釈できないこともないがそれはさておいて。

今回は、朝のまだ早いうちに京都駅に着く。そのまま近鉄に乗り換え、竹田駅にて下車する。といえば、スムーズに移動しているように聞こえるかもしれないが、当方相変わらずカンピューター頼りである。

線路沿いに歩いていくと右側にコンビニがあり、その先のほうにこんもりとした森のようなものが見えてきた。右折してさらに歩くと、安楽寿院（鳥羽天皇墓所）を見つけた。安楽寿院の前を左に折れると、塔をもった近衛天皇の立派な墓所が現れた。白河を起点として皇位の順で述べると、白河―堀河（子）―鳥羽（孫）―崇徳（曽孫）―近衛（曽孫）―後白河（曽孫）である。このあたりからオツムの弱い当方は、いつも混乱してしまうのだが、鳥羽の中宮となったのが後の待賢門院璋子で、璋子は本来ならば大納言以上には上がれない家系の出身なのだが、治天の君たる白河は、先例を

安楽寿院

鳥羽天皇稜

近衛天皇陵

壊してしまった。鳥羽と璋子の間には五男一女が生まれている。

白河は、鳥羽が二十一歳のとき退位させ、代わりに五歳の第一皇子を即位させてしまう。崇徳天皇である。ところがその六年後に白河院が亡くなると、実権を奪い返しに鳥羽院は、もう一人入内させたあとの美福門院得子との間に生まれた二歳の皇子を、崇徳を退位させて即位させた。近衛天皇である。

近衛天皇は病弱で子を作らず、十七歳で亡くなる。鳥羽院は、久安元年（一一四五年）安楽院御所が完成すると、そこに自らの墓所も作らせた。当初の白河上皇引退後の遊覧の離宮としての目的から、御所と、白河鳥羽近衛三代の墓所としての性格を帯びるようになる。

当方が訪れた日も、庭師が入り、院内の細かい手入れなどがおこなわれていた。安楽寿院は、幕末の鳥羽伏見の戦いのときには、宮軍の宿舎としても使われていたとのこと。こういうところに重層する歴史の重みを感じてしまう。

安楽寿院を離れ、広い通りに出る。かなり日差しが強くなる。また右左に自信がなくなり、通りかかった沢田研二に似た男子（京都には本当にこういう人が住んでおられるやんね）に、また、「白河さんのお墓と鳥羽公園はどっちのほうですか」と臆面もなくお尋ねすると、「そっちの先の大きい道路渡ったところと、左のかなり先のほうですが、車でないと距離ありますよ」と笑顔で教えてくださった。

私は京都に来て物を尋ねて不快な人に出会ったことがない（今までのところ）。さすが洗練された地である。教えられた方向に歩いていると、高速も走っている、かなりほこりっぽい広い通りに出る。ええ、あの先かい？

訪ねてみると、たしかに「白河天皇御陵」との標示はされているが、駐車場にも隣接して、なんとも新開地のスミの小山という印象を受けてしまう。そりゃ、お墓も残ってない平民からしたら、やはり特権階級なのだとは思いますが。多分この前の通りが油小路通りなのだと思う。この通りに広い池があったのかしらん。

さらに太い通りを進み、次の広い通り（国道一号線？）の左側に城南宮の大きな塀を見つけた。城南宮は鳥羽殿の頃に王城の南を守る社として設営された。今でも広い敷地を有する古社である。

『梁塵秘抄』の四三九にある。

いずれ独楽　鳥羽の城南寺の祭見に
われはまからじ恐ろしや
懲り果てぬ　作り道や四塚に
焦る上馬の多かるに

油小路通りから白河天皇陵方面を見る

白河天皇陵

宮内の案内文によると、この参道のところで往時流鏑馬がおこなわれたという。

後年、後白河の孫の後鳥羽院が、当時の鎌倉の執権・北条義時を追討する目的で「承久の乱」を企てたとき、院は流鏑馬揃いの目的で兵を召集。「錦の御旗」を大将に授けられたとのこと。現代の人々にとって馴染みの深い戊辰戦争の「錦の御旗」は、戦争後、明治天皇がこの城南宮を訪れた折に拝殿の近くに立てられたとのこと。

戊辰戦争のときにはこの城南宮から、先の鴨川の小枝橋の付近まで、宮軍が配置されていたという。

城南宮を出て、一号線を渡り、鳥羽離宮公園へ向かう。少年野球の試合がおこなわれていた。そういえば岡崎にもグラウンドがあり、野球の試合がおこなわれていた。王家の跡はグラウンドや公共の建物にはもってこいのようである。城跡に学校が多いのと同じ理由だろうか。公園内には鳥羽伏見の戦いの碑があり、そこを抜けて、鴨川沿いに「小枝橋」に至る。

離宮のあった時代にもこの付近に水運の基地があったわけだが、あたりまえだが下

鴨川・小枝橋

流の淀川河口や摂津の港などとは、流れる水量に大きな隔たりがある。だがこの緩やかな川でも、往時氾濫して、宮殿を破損することもあったという。

美川圭氏によると、八角九重塔や法勝寺をはじめとする御願寺の建設が、鴨川左岸の都市開発と、仁和寺を中心とする真言宗と延暦寺などの天台宗との距離も考慮して執行されたのとは性格が異なり、当初からこの場所は白河院譲位の後の自適の遊興空間として白河院政のほぼ全期間にわたり建設され、院と宇治を拠点のひとつとする摂関家との激しい政治的駆け引きの場としての意味合いが強く、朝廷政治の最高審議機関としての院御所議定も、鳥羽殿での議定は王家の家政について審議する場としての性格が強かったという。

したがって鳥羽殿の貴族の寝所も、多くは院の近臣の寝所だったようで、王室と摂関家の二大勢力それぞれが鳥羽と宇治、それぞれに内都市を作ろうとしていたようである。

ということで、院の側近の台頭著しい「北面の武士」数十人の規模の、今でいったら、「大統領警護隊」の性格を帯びた武士が配置される。平清盛がそうであり、佐藤義清（後に二十三歳で仏門に入った西行）も、同期である。

でも、この北面の武士も家柄と経済力で、二人のランクがあったようで、平清盛はAランク、佐藤義清はBランクだったとのこと。家系と財力が出世の必要条件というのは、いつの時代でも同様である。

ワイドショー的な話で恐縮であるが、当時から、清盛は白河院と祇園女御との間の落胤《らくいん》であるという噂が駆け巡っていたそうだし、白河院と祇園女御との間の養女であった、のちの待賢門院璋子（鳥羽院の中宮）が、十数歳下の佐藤義清と一夜の契りを結んだという内容の小説や評論も、とくに戦後にたくさん発表されている。どのような小説や評論が発表されているかは、ご自分で調べてください。たとえば白洲正子氏も「できてる」説の『西行』という書を著しておられる。

だけれど、その想像が根も葉もない、ことでは、ないようである。


小枝橋まで見学したあと、城南宮へ戻り、宮内を横切ってバス停を探し、バスに乗って油小路通りを通り、京都駅八条口へと戻る。

何の因果か、バス停のそばに日本赤十字社の立派な建物があり、後白河の法住寺のそばにも日赤の病院があるのを思い出した。

天皇陵には、日赤がよく似合う?

追記
「錦の御旗」について、城南宮、米田裕之様より、貴重な御示唆をいただいた。付け焼刃はやっぱりあかんね。

## 天皇家・藤原氏の関係系図

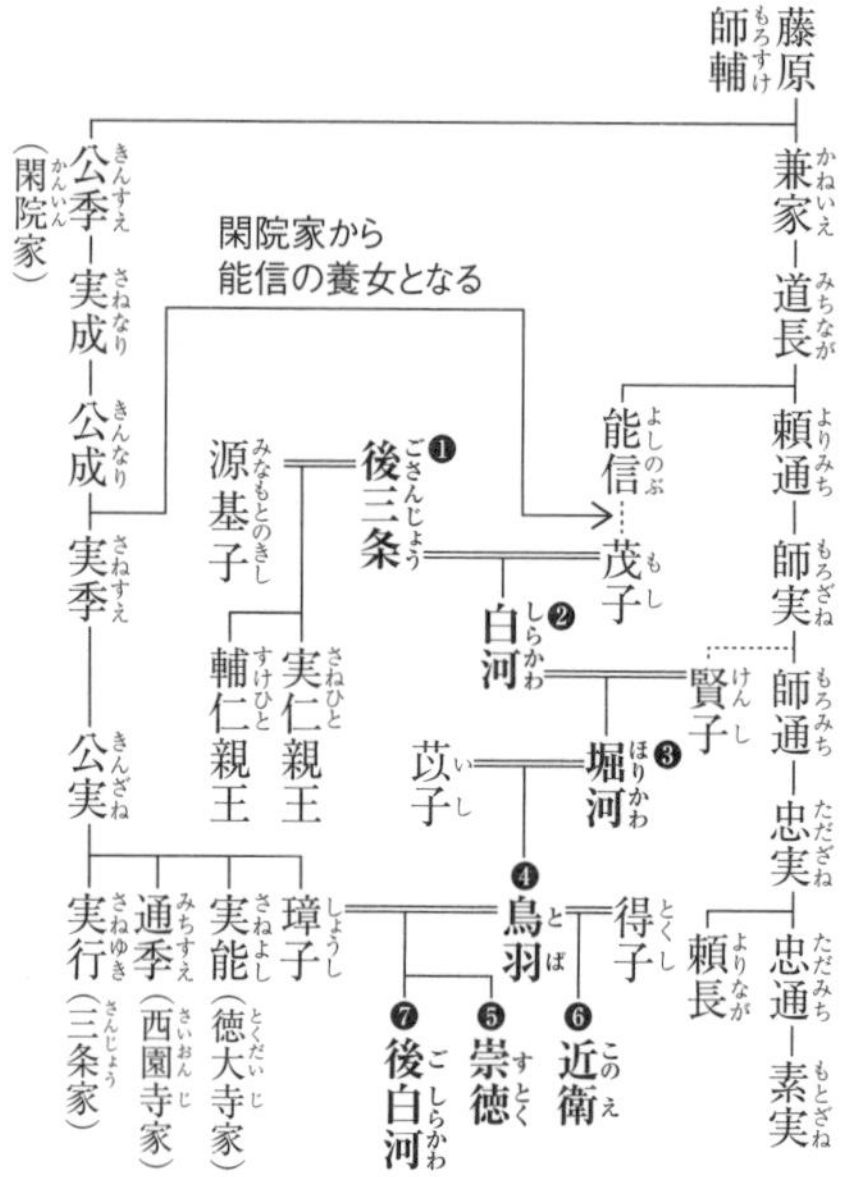


頼通から忠実までの摂関家4代と、後三条から鳥羽までの天皇4代の時代は、政務の主導権が摂関と天皇家のあいだをめまぐるしく移動する、権力の移行の転換期にあった。

### 院政初期の天皇・摂関・上皇（院）の力関係

| 年 | 摂関 | 天皇 | 上皇 |
|---|---|---|---|
| 治承4年～延久4年ごろ | 頼通 ……外戚なし……> | 権力 後三条 | |
| 承保元年～応徳2年ごろ | 師実 ……岳父 協調……> | 白河 | |
| 応徳3年～承特3年ごろ | 権力 師実 ……伯父……> | 堀河 | <……父…… 白河 |
| 嘉承2年～大治4年ごろ | 忠実 ……外戚なし……> | 鳥羽 | <……祖父…… 権力 白河 院政開始 |

院政は三者の力関係によって実権が左右される共同執政。

『ベストムック416号』（廣済堂）より

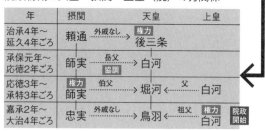

# 法住寺って寺あったかなぁ

名所ばかり避けるのも大人気ない。一度も行ったことがないのなら素直に行ってみたら、という声が聞こえてきて（当方、多重人格者である）。伏見稲荷に参る。なれど多数のお参りの人波に、日本人と思われるのは当方だけではないか？　ここはどこなの？　わたしはだれ？　とムカシ流行したトランス状態に陥る。おきつねの妖気にあてられたらしい。妖気を払おうと、電車で隣駅へ移動する。

一駅先が九条兼実の東福寺である（当方の現時点での偏見に満ちた思い入れであることは、認める。平氏ゆかりの六波羅門も残されている）。いやあ広い境内、通天橋の眺め、人の数も、研修会（というか？）参加の僧侶、見学者もちょうどよい塩梅で、ムカシの「ディスカバー・ジャパン」のキャンペーンの山口百恵菩薩をBGMに、そぞろ歩くのに適した寺ではないのかと思えた。さすがに九条家ともなると、いいお寺と近づきになられるのやなぁ。

この境内のそぞろ歩きで、当方のエネルギーチャージは底になりかけ、タクシー乗り場で、車を拾う。

「近くてわるいけど、法住寺までお願いします」

「ええ、どこです?」年輩の運ちゃんが聞き返してくる。

「ほら、三十三間堂があって第二日赤もあるでしょ。あの横の法住寺よ」

「そんな寺あったかなぁ?」


「無礼者、当方の敬愛する後白河様のおすまいを知らんとは! このレベルでタクシー営業などを許可してよいのか。京都も質が落ちたものよ(ぶつぶつぶつ)」という胸のうちは、もちろん多重人格者の当方は、オクビにも出さないうちに、あっという間にタクシーは「三十三間堂の入り口」に着く。

休日の朝はこんなものなのか、駐車場には、バス一台止まっておらず閑散としている。この地域においては、圧倒的にキツネが人気者らしい。

たしかに法住寺なんて、三十三間堂に比べたら何もない寺ではある。陵を拝見しようとしたら、こちらも休日で入り口が閉鎖されている。

思案にくれて法住寺に入ったら、たまたま庭師の方がおられ、「陵はやっぱり拝見できないんでしょうね」と尋ねたら、嫌な顔もせず、ちょっとこちらへ来てくださいと本殿の横の小道を墓地のほうへと連れていってくださる。小ぶりな墓地があって、その先に、後白河天皇陵の全体を側面から眺めることができた。職人さんにお礼を告げて、本殿のほうへ戻る。この墓地のどこかに永代供養できる余地は、ないものか。権利買うてもええわ。

法住寺の本殿の中を拝見させていただく。右側に「今様の里、青墓」というパンフレットを置いてあるのに気づく。これは、さすがここにしか置いてないだろうと、ひとり悦にいる。大垣にもいつか遠征してみたい。

当方のような初心者が誤解するのは、京の内裏というのは、ムカシからあの広い御所のところに、ど～んと宮殿を構えていたのではと考えることである。一条天皇の時代に御所が焼失したあとには、火事、天災などでしょっちゅう仮御所が建て直しされ、そのたびごとに、あっちこっち移動していたそうである。

白河、鳥羽の院政の時代には、政務の場所を、鴨川の東（白河）や鳥羽などに移し、都市計画の意味を含めて六勝寺や離宮を建設した。

後白河のこの法住寺殿も平治の乱で焼失したのだが、もともとはこの地に院の近臣、「藤原信西」の家のあったところだそうで、その「法住寺殿」自体、信西を殺害に追いこんだ藤原信頼のもとの家屋を移築したものだとのこと。

後白河院の近臣・信西は、荘園を整理し、うちすてられていた地に大内裏を新たに造営し、さらに朝廷の諸儀式を復活させ、天皇家の威信を高めるなどの政治力を発揮した。内裏の再建などにも尽力したそうである。もちろん摂関家は、家格の低い信西に良い感情を抱くわけはない。

とても複雑な因果応報というのか歴史の変遷が、当時この法住寺殿を中心とする後白河という、台風の目のもとに進んでいったようだ。

歴史をふり返ってみると、ほんとに「運」としか言いようがないものが、その時代と国の進む方向を大きく変えることがある。ただし、その人物の血脈というか家格がある程度以上の高い地位にあることが前提であるとしても。

当時の皇位継承からは、まったくはずれていた雅仁親王（のちの後白河）は、皇室内でも疎んじられ、詩歌、管弦などのいわゆる帝王学も受けず、十代から母親待賢門院の影響を受けたのか、今様に耽溺する日々が続いていたが、父親の鳥羽院のもう一人の妻、美福門院との間の子・近衛天皇が十七歳で亡くなり、兄の崇徳院とのひと悶着も制し、当時としては異例の二十七歳で皇位に就いた。当時としては、一時的リリーフとの思惑も強かったようである。

しかも後日、実子の二条天皇に院の権力も奪取されたのに、二条天皇の死去とともに再び権力を手中に収める。

結果としてみると、二条、六条、高倉、安徳、後鳥羽の五代、三十五年間に亘り院政をおこなうことになった。

後白河天皇即位の一年後、保元元年（一一五六年）、父、鳥羽上皇の死後、天皇家、摂関家の内戦、それに台頭してきた武士勢力がからみ、同年七月、血で血を洗う保元の乱が起こる。

慈円の『愚管抄』に「武者ノ世ニナリケル也」という、有名な一文が記されている。

さらに平治の乱が起こり、事実上平清盛が実権を掌握し、後白河の力は相対的に低下していくが、常に武力と武力とを対決させ、その間の隘路を綱わたりのように進み、院を維持していった。

そして、後白河院は文字通りの波乱の生涯を生き抜き、「畳の上」で、六十六年の生涯を終えた。

院政期には、白河院が『後拾遺和歌集』(金葉和歌集)を編纂し、堀河天皇は『堀河百首』を編纂するなど、和歌は院政期に大きく発展し、宮廷文化の中心となっていった。

上皇が、政治、文化、芸能、宗教の頂点に立つ、唯一無二の存在だったのである。

後白河は法住寺殿に移ると、まもなく、今様をはじめとする芸能や祭礼をおこなった。

今様は管弦が入らず、鼓だけでリズムをとりながら歌うものであったらしい。それこそ、現代の野外ロック・フェスティバルの趣だったことが想像される。そしてその催しに全て参加したのは後白河一人のみであったという。

さらに院自らの熊野詣、厳島御幸、奈良の大仏の開眼など、群を抜いて、「パフォーマンス」にも秀でていたようだ。政治面は信西に委ね、文化面で時代を牽引したような印象を受けることもある。

有名な、源頼朝をして、「日本一の大天狗」と言わしめたとの説（ただし五味文彦先生によると、この言葉は後白河に向けられたのではなく、鎌倉からの使者のある人物に向けられたという）や、信西をして「暗愚の帝王」と評せしめたともいう。後白河の乱脈ぶりは九条兼実の『玉葉』の記述などにも残されている。

だが、それでいて、政務の処理はきちんと無難にこなしているし、晩年には王権内の遺産争いの火種を残さないようにして、世を去ったとされる。頼朝との対応もうまくこなしている。本当に愚かであったのかどうか疑問は残る。

対人関係における想像力に欠けた振る舞いが伝えられたかと思えば、院の並はずれた記憶力も指摘されている。

蓮華王院（＝三十三間堂）への宝物の蒐集へのこだわりの強さもあれば、熊野詣の回数では、白河が九回、鳥羽が二十一回、後白河が三十四回（つまり在任中平均して年一回）、後鳥羽が二十八回という記録も残っている。

遠藤基郎氏は、このような振る舞いを、アスペルガー症候群の徴候を示しているのではないかと、興味ある指摘をされている。

『梁塵秘抄口伝集』が残されている。これは院自らが著した自伝集の色あいが強いのだが、「十代で今様に夢中になって」あたりの記述から、まるで、つい最近書かれた文章として読んでも、違和感をあまり感じない立派な文章なのだが、その中に、こんなくだりもある。

我が身、五十余年を過ごし、夢のごとし幻のごとし。既に半ばは過ぎにたり。今はよろづを抛げ棄てて、往生極楽を望まむと思ふ。

織田信長を思い起こしませんか？

政治、宗教、文化、書画などの大きな転換期にあって、皇位に就いても、生涯その中心にいた人物への興味は尽きることがない。

# 璋子様、がんば。

院政期の人物像を勉強しはじめて、この時代の男女関係のおおらかさ（これでも当方としては節度をもって表現している）に、ギョーテンすることがある。その象徴の女性の一人が待賢門院《たいけんもんいん》璋子（しょうし／たまこ）であろう。

自慢ではないが、当方、源氏物語も未読である。今のペースの読書だと生涯読むに至らない可能性も高いが、伝え聞く源氏物語の世界を想起させるひとりが璋子である。

とにかく、説明がなければ先に進めない。家系図などは、主に角田文衛氏（朝日選書所収）に依らせていただく。角田氏の本を読んで何をギョーテンしたかといって、あの時代の人物の家系や日常生活（もちろん王家あるいは摂関家に連なるごく一部であるとしても）をこれほど詳しく調べることができるのだ、ということ。

角田氏は璋子の生理をオギノ式で計算して、この子は誰の子かという推測までして璋子様、がんば。

おられるのだ。璋子に関わる人間模様を知りはじめると、もう凡百の小説など読む気が起きなくなってくる。璋子を題材にした小説、評論がたくさん発表されている。前にも述べたがひとつの例を挙げると、白洲正子氏の『西行』は、璋子と西行とは、一線を越えたということで論を展開しておられる。国母様と出家僧（しかも西行にも子どもがいる）、しかも年の差十七歳。これってまぢ、やばくない？

基本的な家系の流れを自分の理解のために整理する。

藤原氏一族を頂点とする貴族社会では、鎌倉時代後期には、近衛、九条、一条、二条、鷹司の五摂関家に分かれる。

また道長の叔父の藤原公季の子孫は、閑院流と呼ばれ、摂関家の傍流の家柄で、官位はおおむね中納言から権大納言の家柄とされ、閑院流からは、三条、西園寺、徳大寺などに分家する。

璋子は権大納言、藤原公実《きんざね》の娘として生まれた。「権」というのは「vice」とほぼ同じで、摂関家よりは一段家柄が下がる。

公実が早逝したあと、治天の君たる白河院（当時五十歳）は璋子をあわれがり、愛

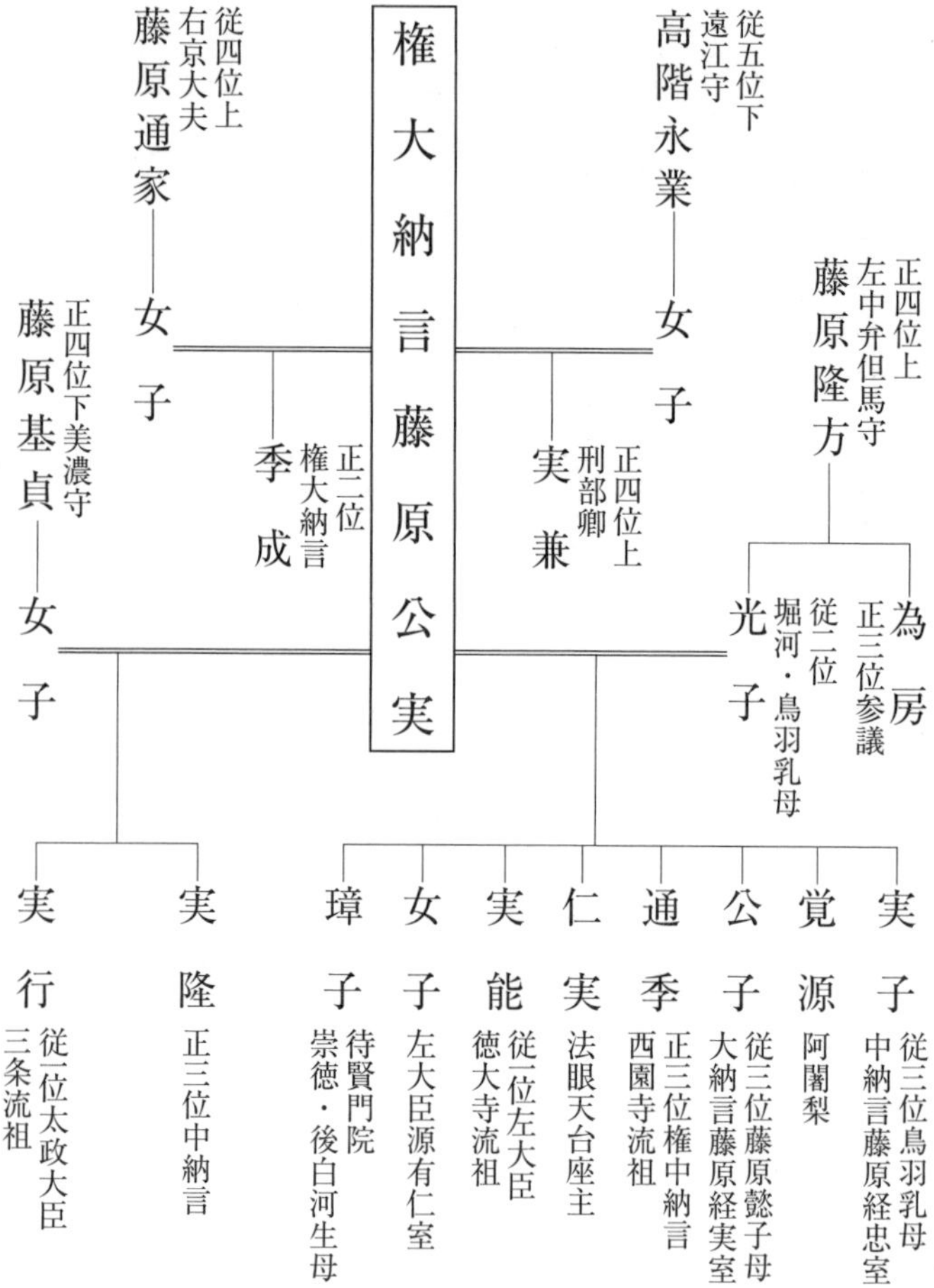


閑院流系図

公実の子で、権律師の済実(1085〜1138)の母は、詳かでない。実行の同母弟か。

『待賢門院璋子の生涯』(角田文衛、朝日新聞社)より

人の祇園女御との間の養女としてひきとる。祇園女御関連の史跡は、八坂神社付近を散歩するとすぐに見つけることができるが、当時すでに平清盛は白河院と祇園女御の間のご落胤という風評がささやかれていたそうである。

でも、大体において、親を亡くした娘っ子だったらみんな白河院が、足長おじさんよろしくひきとるか、といったら当時だって現在だって、「そんなことありえねぇ」とかひそひそ話が拡散、というか現在だったら何百万人のフォロワーがつくだろうと当方思います。

あえて白河院の立場にたって擁護すると、院の実の娘を亡くしてさびしかったという事実はあるらしいのだが、とにかく現代において堅実なご家庭を営んでおられると拝察される諸氏の感覚とはまったく異なるものと認識されていただきたいです。

白河院は内裏内でも璋子を袖にからめて添い寝して、あるときなど当時の関白、藤原忠実が面会を求めても応じなかったことがあったそうである。忠実自身が、平安時代の伊藤博文といわれるほどの艶福家であったというのに。(この伊藤博文云々というのは当方の類推であるが)

璋子様、がんば。

璋子自身も多情であったとされ、忠実の実子忠道と璋子との縁談を持ちかけられたが拒否したという記録もあるらしい。

そして白河院は、孫の鳥羽天皇の中宮として迎える。鳥羽天皇十五歳、璋子十七歳であった。

二人の間には、七人の皇子皇女が生まれた。

次の図は角田氏の作成したものであるが、長男の（後の）崇徳院は白河院と璋子の間の子であると断じている。

美川圭氏は、崇徳院が白河院との間の子であったと断言できる根拠はみつからない、とされている。このへんのいきさつが先述したように、歴史家、作家などの知的好奇心を刺激するようである。各自、本、資料などをあたってみてください。

璋子は、とびぬけて「エロカワ」だったようだし、多産系の血筋でもあったようである。当時ビジュアル化された源氏物語絵巻を見て、璋子様を中心にした朝廷女子は紅涙を絞っていたのではないかと想像するのも楽しい。

女性を「産む機械」と発言した国会議員がいたが、この当時は直系の血筋を得るこ

璋子様、がんば。

待賢門院の産んだ皇子女

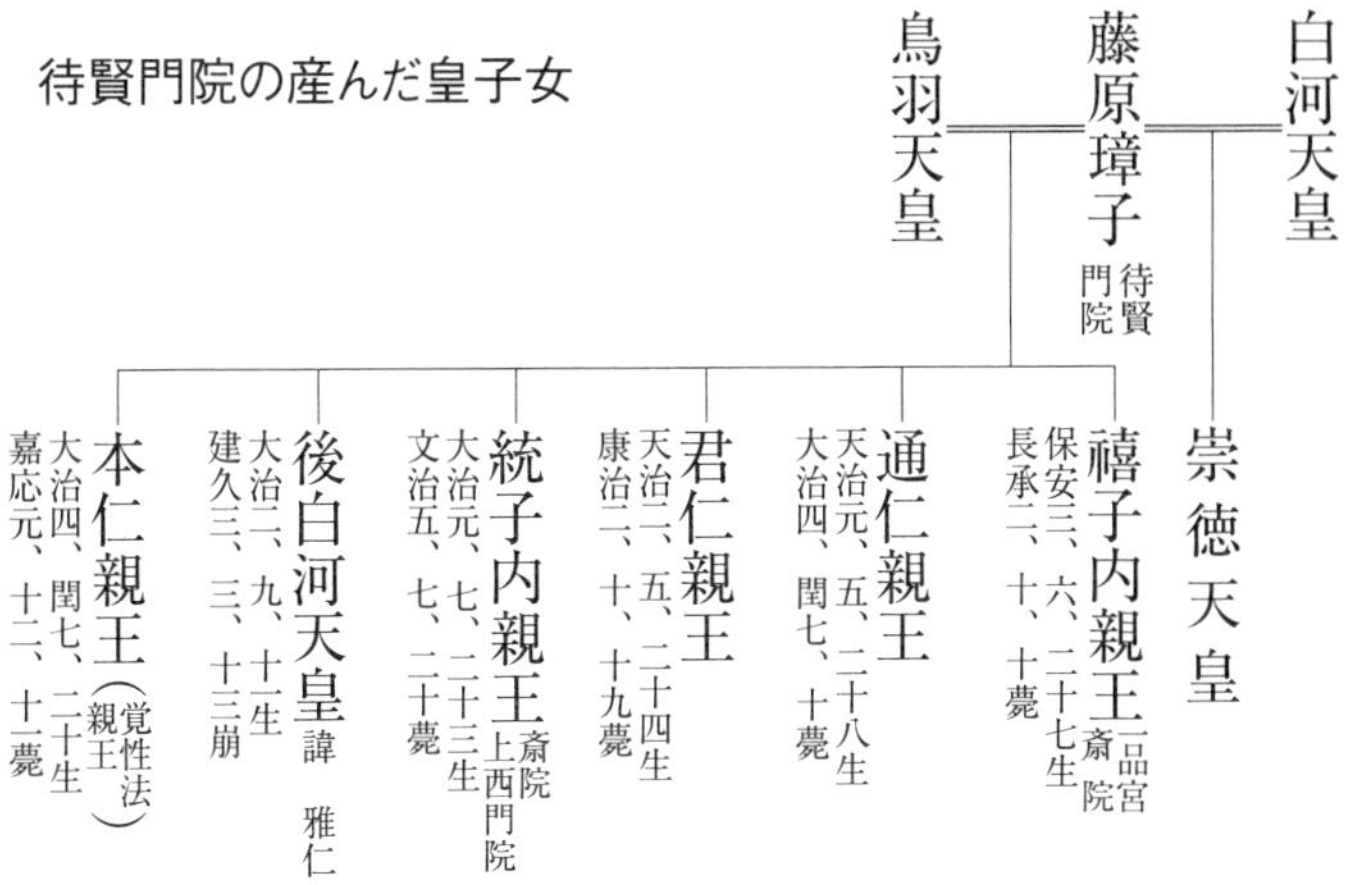


『待賢門院璋子の生涯』（角田文衛、朝日新聞社）より
角田氏の考えをもとに作られた表

とを第一に求められる時代であったことは否定できない。

崇徳も含め、璋子は七人の皇子皇女をさずかってはいるが（角川文衛氏図）、皇子で成人に達したのは崇徳、後白河、そして法親王という地位を与えて仏門に入れられた男子の三人で、残りの皇子二人は生下時からの障害者で短命で、皇女二人も若くして亡くなったようである。この時代の一番の血統、生育環境にあった中でも、育てあげることは大変なことであったことは事実である。

白河院は王家の御願寺として、白河の地に六勝寺を建立させ、待賢門院のために円勝寺が建立された（大治三年、一一二八年）。待賢門院二十八歳のときである。

待賢門院は熊野詣も鳥羽院と同行のものも含め、十三回おこなっている。これは白河院よりも多い回数である。

もちろん王家、そして民のための祈りのための目的の話ではあるが。

だけれど、別のところでも触れたが、社寺の造営はすべて有力受領たちに委ねられ、その功によって上の位階を得られたり、国司に任ぜられたりしたのだし、熊野詣などの費用も沿道の国々や荘園の負担となっていたのである。この時代に待賢門院に限らず、費用などの経済的な面については念頭になかったのだろう。

絶頂期にあった待賢門院も、白河院の崩御後は運命が大きく変わっていく。鳥羽院の愛は美福門院得子のほうへと傾き、鳥羽院と得子の間に生まれた近衛天皇を、崇徳院を退位させ、三歳で即位させる。王家の嫡流は得子や従兄の藤原家成らに移り、多数の荘園なども獲得する。

院政は天皇の父あるいは祖父といった直系の人間が、天皇の政務を主導代行させる仕組みであり、崇徳院はその路線からはずされてしまう。

主流からはずされた待賢門院は、御願寺の円勝寺にはなじまず、義父母の白河院、祇園女御にもゆかりの深い仁和寺に近い地に新たな御願寺として「法金剛院」が建立され、大治五年一一三六年（璋子三十六歳）に落慶供養された。

法金剛院の計画は、鳥羽離宮の計画の頃からほぼ同時に進められていたそうである。

当時は院内の御所から阿弥陀堂に渡るのに舟がほしいほど、大きな池があったそうである。現在も残る「青女の滝」も今よりはるかに高い落美をもって作られたという。

璋子様、がんば。

持統院も、母のもとを訪れ、この地で自身舟遊びをしたり、和歌の会、競馬《くらべうま》なども楽しんだという。この、すぐあとに、璋子は同院にて出家する。（康治元年、一一四二年二月、璋子四十二歳）

同年三月、西行が経を勧進に同院を訪れる（だから後年あれこれ噂されるわけだが）。

康治二年（一一四三年四十三歳）五月、疱瘡に罹患。

久安元年（一一四五年四十五歳）八月、崩御。

後白河院は、灯火を消して闇夜に向かっているような心持ちで、暗くふさぎ込んでいた。

ということを『梁塵秘抄口伝集』に記している。当時まだ皇位に就くことを想像もできなかった十九歳であった。

後世からみて待賢門院が、幸いだったことがあったとすれば、息子の崇徳院と後白河院との間に起きた争い（保元元年一一五六年）を知ることなく世を去ったことだろう。

ただ、口の悪い人間からは、日本の三大怨霊（菅原道真・平将門・崇徳院）のうちの一人の母親という、ありがたくない呼ばれ方もするのだが。

でも璋子様、あなたのようなはなばなしい生涯を送った女人は、おられないと思います。まさしく波乱の人生でした。大河ドラマの主人公になっていただきたい、という夢さえ当方は抱いております。二人の天皇を産んだ国母様の陵は、現在も法金剛院の裏手におかれ、十分に清しく管理されております。

どうぞ、ゆっくりお休みください。

璋子様、がんば。

# 若狭そして琵琶湖北岸から

京都の町を歩いて、右京、左京、「丸竹夷《まるたけえびす》二押御池《におしおいけ》、姉三六角《あねさんろっかく》……」という通り歌に馴染んできた頃、東西線というのに乗れば琵琶湖のほとりまで行けるのだ、と気がついた。露骨にオバカ扱いされそうだが、大津に出て、三井寺を散策した。それこそ鐘の音が聞こえてきそうな豊かな世界が広がっていそうである。

日をあらためて（とは言っても一年以上後に）ある夏、JR京都駅二番線ホームから湖西線に乗り込む。

今回触発されたのは、五味文彦氏の『日本の歴史を旅する』を読んでいて、歴史家の綾野善彦氏の中世史研究の原点となったという、若狭国の太良庄《たらのしょう》（現在の小浜周辺である）。

休日の朝の早い時間の始発なのに、思いのほかに車内は混んでいて、大きなスーツケースを抱えた方も多く、いわゆるお盆の帰省の方々だったのだろうか。

湖西線は琵琶湖岸のすこし高まったところを走る区間が多いので、豊かな水面が陽にきらきらと反射する眺めも多く楽しめる。この湖が「琵琶湖周航の歌」にうたわれた悲劇を起こした舞台になったとは信じられないような穏やかな車窓が続く。近江今津で下車し、小浜方面へ向かうＪＲバスに乗り込む。

若狭国・現在の小浜は、国内各地、国外とつながる「海の道」と、都とつながる「陸の道」の結節点となる位置にある。北陸道の筆頭の国として発展し、室町時代にはゾウ、クジャクなどを乗せた南蛮船から、これら珍獣を京へ運んだこともあるという。近世になってからも、江戸幕府の老中を輩出する家系の酒井家の支配下におかれていたことからも、その重要性はうかがいしれる。

バスが小浜に着いた頃には、すでに天高く、容赦のない日差しとなっていた。はじめにタクシーを止め、今来た道を戻り、国分寺、神宮寺を回ってもらう。国分寺など、べつに、そんなに金も時間もかけずに行かれるじゃないかと、疑問を呈する向きもおられようが、あーた、旅に出ることが大事なの。ちゃんと立派な塔も、あるじゃないの。

若狭神宮寺の、奈良東大寺二月堂の「お水取り」に使われる霊水は、この近くで汲んだ水を、神事をおこなったあと、二月堂に送るのだという。この寺の前の道自体が鯖街道のひとつらしい。

「太良荘」には今日は寄らず、小浜港まで送ってもらい、日本海と対面する。あとで確認したら、川の反対側が小浜城址なのだが、当方あちちの状態にあって、外歩きはそこそこに「フィッシャーマンズワーフ」の建物に入り込む。

一階の店舗に、いろいろな若狭物の海の幸が並べられてあり、当方の焼き鯖を（大きくて食べがいがありそう）宅配で手配をし、後日賞味した。

二階の食堂にて海鮮の定食をいただいた。もちろん、新鮮で美味でした。

ひと休み後、海岸通りを歩き、図書館でも一度休む。こういう図書館で意外と面白い本や資料を見つけることもあるのだ。小浜駅から、再びＪＲバスにて、来た道を戻り、帰京（?）する。

先日、日本医師会誌にぱらぱら目を通していたら（論文を読む気力と視力が当方明らかに低下している）、藤田医科大の東口高志先生が、「わが旅」の欄に、若狭―琵琶湖比岸ルートについて興味深い文章を寄せておられた。同好の士を見つけた感がある。先生のこの方面の研究にも期待させていただく（自分で調べ移動する気力もない）。

と、小浜の往復をしてから、ほぼ一年後、再び京都駅二番線ホームに立つ。今回はどんよりした空模様、湿度も高い。目的駅は坂本。入線してきた電車に深く考えずに乗り込む。あれ、大津を過ぎ、膳所に停車する。あわてて電車を降り、山科まで戻り、湖西線へと乗り換える。京都駅二番線ホームの罠にはまってしまったのだ。

ということで比叡山坂本に降り立つ。といっても下車したのはほんの数人、さらにケーブルカー駅行きのバス停に並んだのは、当方のほかには親子二人の家族のみ。自分の仕事のことを棚に上げて、このバス会社やっていけるのかと心配してしまう。看板の距離からみると歩けない距離でもなさそうだが、体力の維持を考えて、バスに乗車する。

途中、二〇二〇年に話題になるのだろう、明智ゆかりの里を過ぎて、ケーブル坂本へ。乗ってみるとかなりの急勾配。霧の中、ケーブル延暦寺駅に着く。途中、野生の（と思う）鹿を数頭見つける。

ケーブル駅を出て左側に、無動寺参道の石碑と鳥居がある。その先は、玉砂利できれいに整備された参道になっていた。鬱蒼たる杉の森、さらに深い霧の中を下りていく。途中で出会う人間もおらず、森閑とした境内で、なんとなく荘厳な気分になってくる。

このへんのことは松本徹氏の文章に教えていただいたが、ずっと下っていくと薄暗い中に提燈がともる弁天社があり、この先に明王堂があった。この場所が、千日回峰行の拠点そのものなのだとのこと。

参道をすこし戻り、右に進むと、ここもちょうど僧が庭を掃き清めている最中の大乗院を見つけた。このあたりから琵琶湖と、大津の町並みが眺望できるらしいのだが、本日はまったく先の見えない白い霧の海のカーテンが下ろされたままである。

この場所に、西行は死の前年（文治五年、一一八九年）に、当時三十代の慈円を訪ねた。

慈円は九条兼実の実弟であるが、摂関家出身の僧として、寺の顕職を兼ねるだけでなく、歌の世界などでも特出した存在の一人だった。

慈円の歌集『拾玉集』に、西行が晩年に辿りついた境地として詠んだとされる歌が、記されている。

にほてるやなぎたる朝に見渡せば
漕ぎ行く跡の浪だにもなし

本日は、霧が深くまったく視野の開けていない天候であったけれど、それが、西行と慈円とのエピソードを当方の胸に強くきざむ思いがした。

参道を逆戻りし、ケーブルカー駅の広場に出て、根本中堂を目ざして歩く。

日本史の復習になるが、延暦寺は、天台宗を広めた最澄が修行場として建立。世に送り出した僧は、法然（浄土宗）、栄西（臨済宗）、親鸞（浄土真宗）、道元（曹洞宗）、日蓮（日蓮宗）などで、日本宗教のきら星は、数え切れない。

現在、根本中堂は改修中であるが、中は拝見できた。すこし湿気があり、カビ臭い中でもたくさんの方々が、僧の説法に耳を傾けておられた。ありがたいお話ではあるが、当方は閉所恐怖症の持病があるため、早々に中堂を出て、叡山ロープウェイ駅を目ざす。境内に、もちろんたくさんの人がいるのだが、大多数はバスとか自動車を利用されておられるようで、まだ右左もよくわからないまま、ところどころに設置されている矢印の案内を頼りに歩く。

霧雨の続く中、だんだん人影が少なくなり道も、水たまりのできた、滑りやすいごく普通の山道になっていく。心細くなってきたが、まさか最澄様が当方を裏切ることはないだろうと、傾斜もついた山道を歩く。だが、なんども足を滑らしそうになってくる。今さら世間体を気にするトシでもないが、こんなところで転落して事故にあって、ニュースで報道されたら、やっぱみっともないではないか。南無最澄様、法然様……などとムチャクチャな祈りをしながら、一時間はかからなかったと思うが、やっと舗装されている道に出て、叡山ロープウェイ駅が見えてきた。

ロープウェイも、客は椅子席の半分くらいの人数で、すこし乗ったら、今度はケーブルの駅に接続されていた。

ということで、やっとのことで八瀬に着く。そういえば、八瀬の里といったら、八瀬の童子の産地（？）では、ないか。当方の比叡山の位置関係の理解は、すこしずつ深まってきた。

叡山電車に乗りこめば、あとは当方でも移動できる。

午後、市内に戻ってみたら、路上は祇園祭の、ほんとに立錐の余地もないような混雑。その中、笠を片手に、白い足袋を濡らしながら、洛中の方々は神輿を楽しんでおられた。

都なんですなぁ。

付記
小浜を訪れた折に「あぢぢ」で早々に京都へ戻った。またこんどあらためて…と考えていたら、「不要不急の外出を避け」ざるを得ない状況になってしまった。早く念願がかなう日の来ることを祈るばかりである。

## 玉葉あるいは愚管抄そしてもっと！

はずかしいことではあるが、日本の中世史も半世紀ぐらい前に授業を受けたはずであるが、まったく身についておらず、今でもおとぎ話を聞いているような認識しかなかった。

だが実際には、「立派な王がいて、妃がいて、有能な臣がいて、善良な民がいて平和に暮らしました」というのとは、ほど遠い政争が繰り返され、それを記録した文書が残され、あるいは記録自体歪められ、焼灼されているのだろうということにあらためて、気がついた。

中西寛氏は、歴史のことを「時間軸における地図」とたとえておられるようだが、歴史の記述は、過去そのものではあり得ない。歴史も地図も、事物を簡素化してそれを作った人間が、ある目的を意味づけしてできたものであるということは記銘しておかねばならない。

だが、それでも、その記録の一部に触れるとき、今でも胸がときめくような思いになることがある。というと、資料全巻を読了して述べているのか、と問われると、「すみません。そこまではできておりません」と、はじめにおわびを申し上げながら進めたい。

王家の権力を維持するために血脈を絶やさないことが至上の目的とされ、摂関家では、藤原道長に象徴されるように、娘を天皇家に入内させた。皇子をさずかり、天皇家の外戚となるための争いが連綿とおこなわれてきた。

後三条天皇以後は、天皇親政がおこなわれ、荘園整理令などの施策により、摂関家の力は減弱していく。そんな時代を生きた一人の典型的な人物として、藤原（九条）兼実に興味を覚えた。

兼実の父忠道は摂政、鳥羽、崇徳、近衛、後白河の四代の天皇を関白として、三十七年に亘り仕えてきた人物である。だが長らく男子に恵まれず、忠道の父忠実は、忠道と二十歳も年の離れた弟の頼長を藤原氏の氏長者に迎えるとして、氏内覇権争いを

# 兼実関係系図

- 忠通
  - 基実　母中納言源国信女信子
    - 基通　母従三位忠隆女
  - 基房　母中納言源国信女俊子
    - 師家　母太政大臣忠雅女
  - 兼実　母太皇太后宮大進仲光女（家女房加賀）
    - 良通　母従三位季行女
    - 良経　母同良通
      - 道家　入道権中納言能保女
    - 良輔　母高階盛章女
    - 良平　母修理大夫頼輔女
    - 女子（宜秋門院任子、母同良通）
      - ＝後鳥羽（高倉第四皇子）　母修理大夫坊門信隆女殖子（七条院）
        - 女子（春華門院昇子）
  - 兼房　母同兼実
  - 慈円　母同兼実
  - 女子（皇嘉門院聖子、崇徳后）　母宗通女
  - 女子（育子、二条后、実父実能）　母上総介源顕俊女

※僧籍の男手は多く省略。

『九条兼実』加納重文（ミネルヴァ書房）より

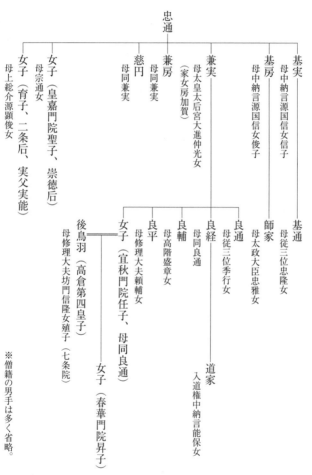

顕在化させた。

保元元年、鳥羽上皇が亡くなり、その重しがとれたように、王家、摂関家、そして力を蓄えてきた武家の三者を巻きこんだ保元の乱が招来される。

その結果として勝者、後白河は兄の崇徳を流罪に処する。勝者、藤原忠道は、弟の藤原頼長を戦死に追いやる。武家の勝者・平清盛は叔父の平忠正を殺害、勝者・源義朝は父親の源為義を殺害、「父殺し」である。院近臣でも藤原通憲（信西）は後白河に与し、藤原信頼は義朝に与した。この凄惨な争いの三年後、平治の乱が起こり、平清盛が実質的に覇権を得た。

忠通の末子で仏門に入り、後に天台座主に昇りつめた僧・慈円が、『愚管抄』で「武士の始まり」と記したことは有名である。ちなみにこの慈円は兄、兼実の末子、藤原良輔に仕えていた信濃前司行長の才能を高く買い、庇護していたという。この行長が『平家物語』の作者である。

当時の後白河は、側近の信西ですら、「和漢に比類なき暗主」と言ったとされるし、兼実も自著の『玉葉』で「黒白を弁ぜよ」と記している。

だが、その政争の「目」にあった後白河は、当時の実力者たち、たとえば、信西、信頼、平家一門、源義仲、源義経らがすべて非業の死を遂げたのに反して、六十六歳でほぼ天寿をまっとうしている。今様に狂い、熊野詣でに没頭していた後白河は、何を考えているのかわからない、態度を明らかにしない、という術に長けていたようで、政治家のひとつの典型なのであろう。

摂関家内部でも、たとえば兼実の兄の基実の長男基通など、後白河と男色関係にあってひととき「天下」をとったのに（この時代、娘をさし出し、妻をさし出し、それでも足りなければ自身をさし出すことも珍しくなかったようである）、結果としてみると兼実は、兄の基実、基房の系列から、いつの間にか「氏長者」の地位を奪いとっている。

兼実は後白河とも、イエスマンの立場をとりながらもある程度の距離をおき、さらに平清盛、源頼朝からも一定の信頼を持って接してもらっていたようで、調整能力にも秀でていたのであろう。

建久元年（一一九〇年）、娘任子《たえこ》を（後白河の孫の）後鳥羽天皇に入内させたが、皇子は得られなかった。ちなみにこんな話ばかりで恐縮だが、兼実の異母姉、聖子も、崇徳に入内しているが皇子は得られなかったようである。

建久三年（一一九二年）、後白河が没したときには、関白と摂政を担当、九条家も立ちあげた。建久七年の政変で関白を解任されたが、孫の代に至って九条家の再興は果たされる。

摂関家系図

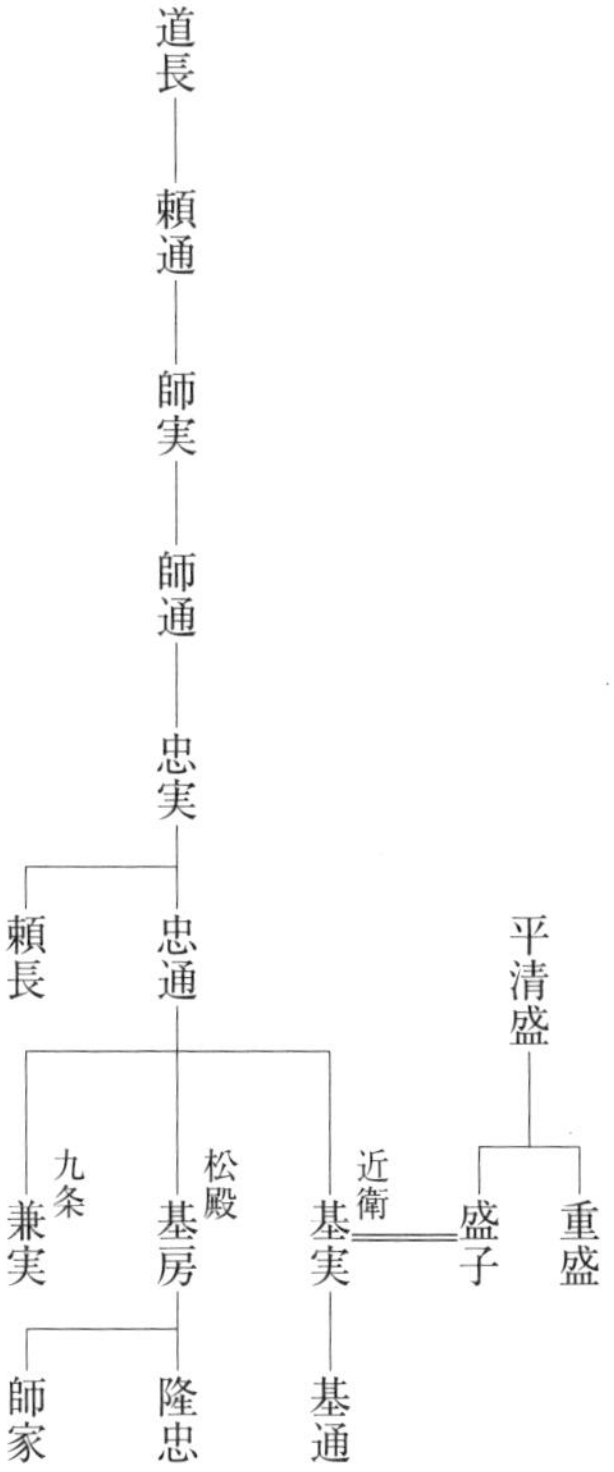


『怪しいものたちの中世』本郷恵子（KADOKAWA/角川学芸出版）より

当時の新興宗教の開祖であった法然に帰依して仏門に入る。

建永元年（一二〇六年）、法然と親鸞ら弟子たちは、後鳥羽院の女房たちとのスキャンダルを起こし、弟子たちは死罪、法然、親鸞は流罪に処された（承元の法難）。だが、土佐、香川は九条家の知行地で、法然も守られていたようである。

波乱の生涯を送った兼実は五十九歳で亡くなる。その墓所は、九条家の菩提寺である東福寺にある。

『玉葉』という一級の資料、そして弟の慈円も『愚管抄』などを後世の人間に遺してくれたことに礼を述べたい。

当方、原文で読む能力は持ちあわせていないが、九条家にまつわる歴史などにも、もうすこし触れてみたいという気持ちはある。

# 遊びをせんとや生まれけむ

土曜日、やっと十四時すこし前の新幹線に乗ることができた。本来なら朝からゆっくり大阪へ向かおうと考えていたのだが、事情が重なりこの時間になってしまった。こーゆーとき、いつもうらやましく思えるのが、公務員とか大企業におつとめの方々。たっぷり時間を（すくなくとも当方よりかは）使えるのなら、オリンピック（そういえばマラソンで頑張っていた元公務員もいましたね）なり、ノーベル賞なりを目ざして、休日を有効利用なされればいいのに。ぶつぶつぶつ。

このところ数週間も青空を拝めない日々が続く中、新大阪に着き、乗り換えて大阪で降りる。

重いリュックを背負った、ひ弱なをぢさまが、みなが傘をさしはじめた流れの中を歩く。あれ、バス停って阪急口のほうではないの？　以前の四天王寺以来の大阪で、阪急口だろうがなんば口だろうが、こんなこと、カントーで生計を立てている当方が覚えてなくても日常生活にはまったく必要のない知識なのである。

やっとバス停に辿りつき、「井高野書庫」方面行きのバス乗り場を見つけ、これだ、これだとあまり便数が多くなさそうなバス待ちの列に並ぶ。

そもそもが、当方が目を通した資料の一冊に西行フリークと思われる方（岡田隆氏）の歌碑巡りの本があり、その文中に、

江口は淀川と神崎川の分水点で、かつては水上交通の要衝であり、遊里が栄えていた。江口の君堂、すなわち寂光寺は大阪市の東北隅にある小さな尼寺である。大阪駅前から井高野車庫前の市営バスを江口君堂前で下車（後略）。


という的確な説明を、見つけたことに始まる。

ここだったら『梁塵秘抄』などで当方に馴染みになった場所を、短時間で見て回れるのではないかと思い立ったのだ。ところで読者諸氏、「西行学会」という学会があることをまずご存知ないであろう。むかーし、歴史の授業で、さらーっと習っただけ

の記憶すら定かでない当方の知識と、研究者のそれとはまったく質が異なるので、そのあたりはお手柔らかに。

ということで、バスに乗り込んで、運転席のうらの路線案内図のこまっこい字も読みにくい当方、運転手さんに（もちろん停車しているときにである）「このバス、エグチのクンドウ停まりますよね？」と尋ねると、「エグチのキミドウですね、ええ停まります。終点のすぐ手前ですが」と、さらっと返事をしてくださる。

それを聞いていた一番前の展望席に座っていたご婦人が、当方に話しかけ、「四十分くらいはかかりますよ、どこかに座っていたら？」と、やさしくアドバイスしてくださる。雨の日に、今さらバスを降りたって、どうやって行くのかわからない。

当方、「大丈夫です。（カントーで）慣れてますから」と返事をする。バスは「天神橋通り」という通りを進んでいるようだが渋滞。さらに、「長柄橋」という大きな橋で淀川を渡ったようである（当方まさか淀川のあっち側に位置するのだとは思ってもいなかった）。さらに大阪経済大学という、茶色のトーンでまとめられた立派な建物群を過ぎ、結局一時間強で「江口君堂前」に着く。当方が下車しようとしたら、なんと先ほどの女性が、すっと席を立ち、こちらには一切視線も向けず、下車して近くのスーパーのほうに消え去ってしまった。

この方の行動は、やさしさにあふれたおもてなしだったのでしょうか。ソフィスティケートされたクールな扱いというのだったのでしょうか。心理学関係の方、どなたか教えてください。晩の買い物のことで頭がいっぱいだったのでしょうか。

『梁塵秘抄』は、申し上げるまでもなく、当方の昨今のアイドルである後白河上皇が自ら編纂したものである。当方が前に述べた文と重複するところもあるがお許し願う。

当時の近衛天皇（母親は美福門院得子）が十七歳で病没のあと嫡流ではなかったがひょんなことから二十七歳で皇位に就いた。当時二十七歳で天皇になるというのは異例に近いことだった。母親は待賢門璋子。実の兄の崇徳天皇（父はともかく、すくなくとも母親は璋子）との対立が、保元の乱、平治の乱を引き起こし、慈円の記した「武者の世」を招来する。後白河は、勝者となり、「治元の君」となる。

本来、嫡流は、書、管弦などの帝王学を学ばされるのだが、傍流であった後白河は十代から「今様」（＝現代風の歌謡）に夢中になる。

今様は、基本的に「鼓」のみを歌の伴奏に用い、文字通り今様の歌＝流行歌謡を後白河の時代には常軌を逸して、別の項でも書いたが、現代でいったらライヴの野外ロック・フェスティバルの趣をもって、身分の上下にかかわらず身体を振って歌われたこともあったようである。後白河自身が編んだ今様の歌う世界はとても広く豊かである。

後白河の時代のあと、「今様」も時代から次第に消えていったが、徒然草などにも今様は記録され、江戸時代には荻生徂徠が言及しているようである。明治時代に入って偶然、『梁塵秘抄』の写本の一部が発見され、にわかに注目を浴びた。

斎藤茂吉、北原白秋、芥川龍之介、川端康成、三島由紀夫、花田清輝をはじめ、最近でも津島佑子、伊藤比呂美氏らに、その影響がうかがわれるそうである。

一番有名な一首が、

遊びをせんとや　生まれけむ
戯れせんとや　生まれけん
遊ぶ子どもの声聞けば
わが身さへこそ揺るがるれ

で、あろう。

今でも、辞書をひかずとも理解できる内容であり、何度も繰り返し歌っているうちにその歌の世界にひきこまれそうである。単純なのに、歌詞を深読みしたくなるような微妙な解釈もさせ得る一首である。

植木朝子氏は、「ある程度の人生経験を積んで老年にさしかかった人物が、子どもの遊びの声に引き込まれる様子が生き生きと捉えられている。一首の主体を遊女とって罪深い境涯についての身を揺るがすような悔恨を歌った、とする説や、子どもの遊びを契機にして、遊女の芸としての遊びに誘われる様子を歌ったとする説などもあるが主体を遊女に限定せずに考えておきたい」と述べておられる。

後白河は、秘抄口伝集の中の、自伝的な文章で、どんな季節でもどんな時間でも、一人でも複数の人間とでも常に歌い続け、声をつぶしても歌い続けた、と述べている。

後白河の「今様」の歌い方に影響を与えたのは、神崎の遊女、「かね」(「かね」を呼びよせたのは後白河の母親の待賢門院であった)。そして自身が今様の生涯の師匠として身近に呼びよせたのが、現在の岐阜県大垣市の青墓を根拠地とする、くぐつの「乙前」である。七十歳を過ぎた年齢で呼びよせられ、八十四歳で亡くなるまで後白河の身近にいたという。

「今様」をなりわいとする職種としては、植木氏の説明によると、「遊女」は水上交通の要路に住み、宴席に待り、歌や舞によって座に興を添え、客と枕を共にすることもあったとされる。

『梁塵秘抄歌碑』
大垣市青墓の円興寺境内にある『梁塵秘抄』の歌碑

「くぐつ」は、陸路の要衝を本拠とし、漂泊流浪する芸能者で、男女で行動し、男は狩猟に従事し、手品や奇術を演じたりし、女は今様をはじめとする歌を歌い、一夜の客をとった。東欧のロマ民族とも通底するのかもしれない。

　さらに、「白拍子」。男装の女芸能者で、『平家物語』に登場する「祇王」や「仏御前」「静御前」など開き及びの名前も出てくる。タカラヅカの源流のひとつというところか。関心が別のほうにと行きそうなので、紹介は今日はここまでとする。

ということで、やっと辿りついた江口の君堂は、静かな住宅街に、今でも周辺の住民に厚い信仰で守られているようである。能「江口」という、遊女の霊がやがて普賢菩薩となって、西の空に流れ去るという物語の舞台でもあるそうだ。西行が江口に参ったときの歌碑もある。西行と歌合わせをして西行のほうが守勢を強いられるほど教養の高い遊女もいたそうである。

君堂のすぐそばが、淀川の土手になっており、土手を上って現在の淀川を眺めた。広い川幅と水量があり、往時のあの辺で岸に小舟をもやい、遊女たちが「営業」していたのかと、不純な想像をする。ただ、たしかに、上流の鳥羽の鴨川と比べると、このあたりの水量は豊かで水運の基地として繁栄していたのだなと理解はできた。などと言っている間も霧雨は続き、視界が一層ほの暗くなってきた。この地が本日の当方の最終目的地ではないのだ。急げ！

バスを降りた通りに戻ると、幸運にも大阪方面へのバスが止まり、飛び乗って、数停留所先で降り、近くの地下鉄の駅へ向かう（もちろん、ここも運転手さんに道を教えていただいた）。その地下鉄駅の上をなんと新幹線が走っているではないか！　地下鉄も途中で乗り換え西梅田へ。ＪＲに乗り換え新大阪へ。新幹線の切符を求め、京都へ。

上り方向のすっかり暗くなった窓外に、先ほどの大阪経済大学の建物が、くっきりと映えていた。なんだ、こんな近いところなのかと感心する間もなく京都に着く。地下鉄を利用し、なんとかチェックインを済ませたのが午後八時。さあバンゴハンどうしようかと考え――いくらなんでも旅先でイートインとやらに入って、あっためたコンビニメシを食す、というのは最後の手段であって、当方の主義にはあわない――思いついてあるホテルのレストランに駆けこみ、ラストオーダーにギリギリで間にあい、充実した食事をとることができました（値段はリーズナブルだし、味、サービスも素晴らしいお店です）。おなかが満ちたら、大阪ではＩＣカードで移動のみで、一円もおとさなかったことに気がついた。次の機会には大阪の経済活性化にも貢献する所存です。

今回の『梁塵秘抄』についての知識は、おおむね西郷信綱氏と植木朝子氏に教えていただいたものだが、でも本当にこんな知識が手軽に文庫で得られる日本の出版文化は、おせじでなく、世界一ではないかと確信しました。

それにしても、あたりまえだが譜面もテープも残っているわけではない、今様の歌の世界が、その一部だけでも現在にまで残されていたことに感動を禁じ得ない。

最後に『梁塵秘抄』からもう一首だけ紹介させていただく。秘抄巻一の長歌である。現在の国歌と比べていただきたい。

そよ　君が代は千代に一度ゐる塵の
白雲かかる山となるまで

次の写真は筆者に中脳黒質変性の初期症状が発現した可能性もあるが、撮影時、右手にカメラ、左手に傘、適当な風も吹いていて、さらに先を急ごうという気の焦りもあったようである。

だが焦点が合っていなかったことは、もしかしたら現在と往時との時空の隔たりを意識させようとする、遊女たちの霊のいたずらだったのかもしれない。

江口君堂　全景

江口の土手から望む淀川

## 「ここまで読んでいただいて」

ありがとうございました。

小文を記していて疑問が湧いてきた。旅と修学旅行を重ねるのは、きれいな美人、という表現法に似ているのではないか、ということ。

手元にあった見坊豪紀氏が責任監修されている辞書をひもとくと、

旅：自分の家を離れてよその土地へ行くこと。

修学旅行：見学などの形で教育するために学校（＝公、おおやけ：著者追記）の行事としておこなう旅行。

かえってわからなくなってきた。

じゃあナニかい？　政治家やスポーツ選手が移動したり、会社の日帰り出張なども

「旅」なのかい？

じゃあナニかい？　ゲーテの官費でまかなわれたイタリア紀行は、修学旅行じゃないのかい？

じゃあナニかい？　鴎外、漱石などの官費でまかなわれた留学は、修学旅行が、数年に及んだものではなかったのかい？

いつも泣く思いで時間を作り、私費で移動する当方の行為は、修学というよりは頓狂な冒険に近いものと位置づけされるのかい？

でも、そうしてみると、道楽息子に惜しみなく経済力と人脈力をもって援助し留学させた、わが師匠の先考（＝父親）はとても偉い人だったのだなと、今は思える。

ともあれ、なんとか二冊目を上梓できたことは（内容の薄さには目をつぶるとしても）、無智な自分がすこしずついろいろなことを知り、考える機会を作れたということで、当方にとっては意義のあることである。

たとえば、ゲーテの『イタリア紀行』という、歴史上の第一列の記録と当方を同じ列に置いて比較するつもりはまったくない。だけれども、同じ人間として、生きた、見た、感じた、恋した、書いたというその行為からみたら、その動機自体に大きな差異はないはずである。

旅とは、「すでにある」ものにはじめて直面、あるいは偶然の産物に直面した場合に、どう感じ、対応するかという心構えの問題でもあると思う。その旅から何を得るのか、あるいは失うのかは、旅をした本人にすべて委ねられる。

機会があったら、次の旅には、あなたとご一緒して、感想を分かちあうことができたらなぁとも願っています。

もうちょっと賢くなれるよう、そのために、当方は、気力、体力、おこづかい力を維持できるように日々精進して参りたいと思います。

本書は、この数年間に著者によって書かれた小文をまとめたものである。
おおむね書いた順に並べてあるが、一連の京都について書いた文は、どの順で行ったか、書いたかが、著者自身不確かである。

二〇二〇年吉日

追記
ひとが自由に旅することができる時代は、終わりを迎えているのかもしれない。
本書が、その自由だった時代の記録のひとつとして残ることがあれば幸いである。
今は読者諸氏の御自愛を願うばかりである。

**旅する町医者**　まだ修学旅行，篇

2020年７月15日　初版第１刷発行

著　者　秋元 直人
発行者　瓜谷 綱延
発行所　株式会社文芸社
〒160-0022　東京都新宿区新宿1－10－1
電話　03-5369-3060（代表）
03-5369-2299（販売）

印刷所　株式会社フクイン



ISBN978-4-286-21747-5